우리는 왜 책을 읽고 글을 쓰는가?

우리는 왜 책을 읽고 글을 쓰는가?

마윤제 지음

새로운 방식의 책 읽기와 글쓰기

특별한서재

차례

들어가는 말

우리는 어렸을 때부터 책을 읽어야 한다는 말을 귀가 따갑도록 들어왔다. 그리고 어른이 되어서는 그 말을 자녀들에게 그대로 전달하고 있다. 그런데도 책을 읽는 사람이 늘어나기는커녕 더 줄어들고 있다.

2017년 문화관광부가 발표한 국민독서실태조사에 따르면 교과서, 수험서, 잡지, 만화를 제외한 일반 도서를 한 권이라도 읽은 성인은 59.9%에 불과하다고 한다. 우리나라 성인 10명 중 4명은 1년에 단 한 권의 책도 읽지 않는다는 것이다. 이런 상황인데도 신문 방송에서 독서 관련 소식이 들려올 때마다 사람들은 책을 읽지 않아 남들에게 뒤처질지 모른다는 이상한 불안감에 시달린다.

우린 대체 무엇 때문에 책을 읽는 걸까. 시험을 잘 치르기 위해선가. 자기소개서를 잘 쓰기 위해선가. 교양을 쌓기 위해선가. 아니면 단지 지식과 정보를 습득하기 위해 책을 읽는 것인가.

수백만 년 동안 인류는 시간과 공간의 장벽을 넘어서지 못했다. 그런데 어느 날 갑자기 등장한 인터넷이 이 모든 장벽을 단숨에 무너뜨렸다. 인터넷이 시간과 공간의 장벽에 갇혀 있던 비즈니스, 유통, 통신, 교육, 금융, 여행, 음악, 영화 등 우리가 살아가는 세상 모든 시스템을 혁명적으로 바꾸어 놓은 것이다. 그때부터 인류는 지금까지 경험하지 못한 신기원을 살아가고 있다. 우리 일상을 전부 바꾸어 놓은 인터넷은 이 순간에도 변화의 가속도를 높여가고 있다.

시대가 변하면 모든 것이 변한다. 우리가 절대적이라고 믿어온 가치관은 구시대의 유물이 되어 사라지고 당대에 맞는 새로운 가치관이 등장한다. 우리의 생존방식도 달라진다. 과거의 방식으론 변화한 세상에서 살아갈 수 없기 때문이다. 인터넷이 등장하기 전 지식과 정보는 지식인들의 전유물이었다. 대중은 그들이 생산한 지식과 정보를 철저하게 소비할 뿐 어떤 이의도 반론도 제기할 수 없었다.

그런데 인터넷이 이런 도식적인 구조를 완전히 바꾸어 놓았다. 지식인들의 글에 대중이 찬반을 비롯한 자기 의사를 표현하기 시작한 것이다. 시간이 흐르자 지식인들이 독점해온 지식과 정보가 인터넷에 의해 빠르게 평준화되었다. 누구든지 사회 곳곳에서 일어나는 현상에 대해서 자유롭게 글을 써서 올릴 수 있게 된 것이다. 급기야 대중은 직접 지식과 정보의 콘텐츠를 만들기 시작했다. 대중들의 반응도 현저하게 달라졌다. 지식인들이 생산한 글보다 대중들이 만들어 낸 지식과 정보를 더 신뢰한 것이다.

그러나 세상이 아무리 달라져도 절대 변하지 않는 것이 있다. 그것은 지식과 정보를 다루는 문자다. 따라서 권력의 주체가 바뀌었을 뿐 문자는 여전히 세상의 중심이다. 이 절대적인 지위는 영원히 존속될 것이다. 우리가 책을 읽는 이유는 바로 이것이다. 생존에 필요한 모든 지식과 정보가 문자로 이루어져 있기 때문이다. 지식과 정보를 습득하지 못하면 우리 삶을 유지할 수 없기에 책을 읽을 수밖에 없는 것이다.

그렇다면 인터넷이 출현하기 전과 후의 책 읽기는 다른 걸까. 분명 다르다. 시대의 변화에 따라 생존방식이 달라졌기 때문이다. 시대적 변화가 책을 읽고 글을 쓰는 의미를 완전히 탈바꿈해 버렸기 때문이다. 따라서 변화된 세상에 필요한 지식과 정보를 습득하기 위해 새로운 방식의 책 읽기와 글쓰기가 필요해졌다.

지난해 일산 교보문고에서 자녀들의 책 읽기와 글쓰기에 관한 강연을 했다. 처음 준비한 강연은 한 차례였다. 그런데 강연에 참석한 학부모들의 열화와 같은 성원에 힘입어 은평지점, 합정지점, 동대문지점, 부천지점, 인천 송도지점으로 이어졌다. 인천 송도지점에서 마지막 강연을 마치고 돌아오는 길에 문득 불과 1시간의 강연으로는 인터넷 시대가 요구하는 책 읽기와 글쓰기에 관한 내용을 제대로 전달할 수 없다는 생각이 들었다. 그래서 강연에서 못다 한 내용을 좀 더 많은 사람에게 전해주고 싶다는 생각으로 이 책을 쓰게 되었다.

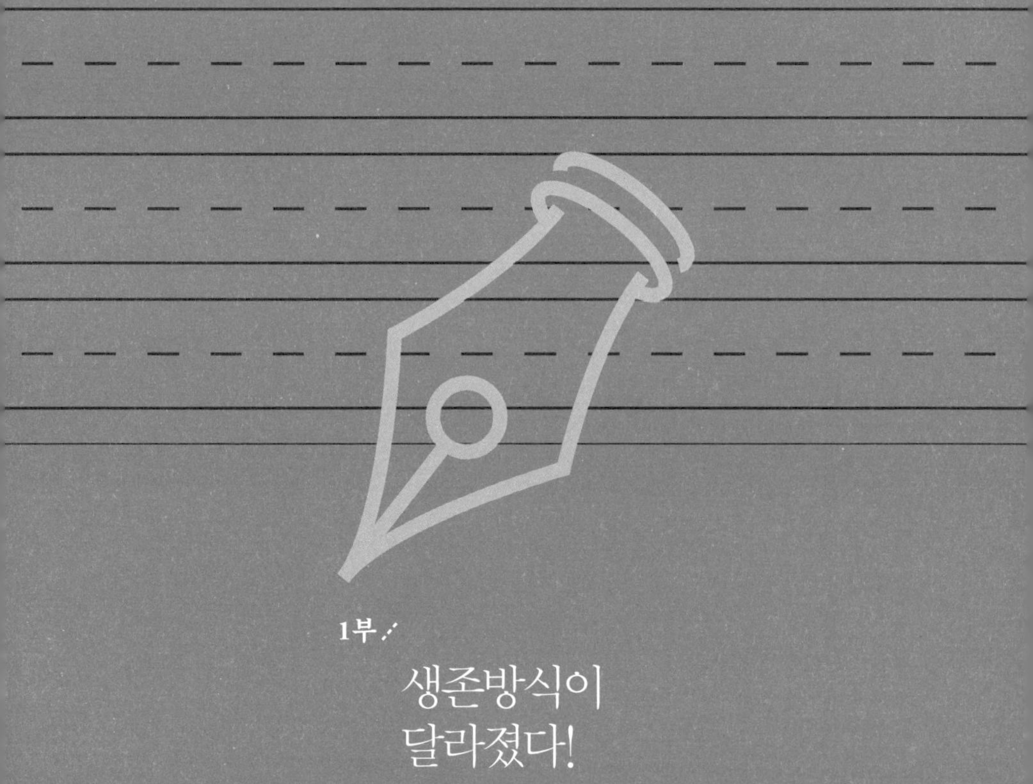

1부 ∕

생존방식이 달라졌다!

•

인터넷의 출현으로 수백만 년 동안 면면히 이어져 온
생존방식이 하루아침에 그 효용성을 상실했다.
인류의 역사에 있어 가장 중요한 변곡점이 찾아온 것이다.
우리의 생존방식이 달라졌고,
그런 변화가 책을 읽고 글을 쓰는 의미를 완전히 탈바꿈해 버렸다.
따라서 변화된 세상에 필요한 지식과 정보를 습득하기 위해
새로운 방식의 책 읽기와 글쓰기가 필요해졌다.

세상이 변했다

나와 사고방식이 다른 사람이 많아졌다

우리가 세상이 변했다는 사실을 깨닫는 것은 전에 없던 시스템과 빈번하게 마주치는 순간이다. 그보다 확실하게 변화를 인식하는 것은 주변에서 나와 사고방식이 다른 사람들이 많아졌을 때다. 이는 내게 익숙한 것들이 사라지고 새로운 시스템이 완전히 정착되었다는 것을 의미한다. 그런데 여기서 중요한 것은 내가 그 변화를 알아차렸을 땐 모든 변화가 끝난 뒤라는 사실이다.

인류가 수렵 채집 생활을 끝낼 수 있었던 것은 우연히 들판에 떨어진 밀이 다시 자란다는 사실을 발견했기 때문이다. 이 우연한 발견으로 수백만 년 동안 지속한 수렵 채집 생활을 종식한 인류는 메소포타미아 평원에 정착하여 농경 생활을 시작했다.

그렇게 문명을 시작한 인류는 오늘날에 이르기까지 수많은 문명의 이기利器를 만들어 냈다. 잉여생산된 농산물을 거래하는 과정에서 숫자가 만들어졌고 왕들의 계보와 전쟁을 비롯한 국가 중요 사건을 기록하기 위해 문자를 만들어 냈다. 이때부터 구전口傳의 오류에서 벗어난 인류는 자신들이 만들어 낸 지식과 정보를 후대에 정확하게 전달할 수 있었다.

그러나 초기 설형문자가 광범위하게 사용된 것은 아니다. 복잡한 기호와 상징으로 이루어져 읽고 쓸 수 있는 사람들이 한정되어 있었기 때문이다. 그러나 문자는 계속 개량 발전을 거듭하면서 인류의 모든 영역에 막대한 영향력을 발휘했다. 그 뒤 다양한 문명의 이기가 나타날 때마다 인간의 삶은 엄청난 변화를 겪었다.

문명의 이기는 대부분 필요성에 의해 발명된다. 하지만 때론 우연히 만들어져 세상을 변화시킬 때도 있다. 구텐베르크의 금속활자가 그런 경우다. 구텐베르크가 금속활자를 만든 이유는 지극히 단순하다. 당시 필경사들이 일일이 손으로 옮겨 쓰던 성경을 금속활자를 이용하여 대량 생산하면 큰돈을 벌 수 있다고 생각한 것이다. 인류에 공헌한다는 생각이 없었던 구텐베르크는 결국 금속활자로 돈을 벌지 못하고 파산한다. 10년 동안 인쇄기를 개발하면서 진 빚 때문에 채권자인 푸스트에게 압수당했기 때문이다. 그래서 금속활자로 찍어 낸 첫 번째 책 발행인도 구텐베르크가 아닌 푸스트로 기록되었다.

그런데 구텐베르크의 사업적인 욕심으로 발명한 금속활자는 인류의 역사에서 가장 중요한 발명품 중 하나가 된다. 구텐베르크가 1,272쪽에 달하는 첫 번째 성경책을 만든 지 60년이 지난 어느 날 유럽 전역을 깜짝 놀라게 하는 일이 발생했다.

아우구스티누스 수도회 소속의 한 수사가 로마교황청이 발행한 면죄부를 반박하는 대자보를 비텐베르크의 성곽 교회인 슐로스키르헤 문門에 건 것이다. 라틴어로 쓰인 이 95개 조항의 반박문은 금속활자에 의해 대량 복제되어 불과 2주 만에 독일 전역에 알려졌고 다시 몇 달 만에 유럽 전체로 퍼져나간 것이다.

이는 필경사들이 손으로 옮겨 쓰던 시절에는 상상조차 할 수 없는 현상이었다. 만약 구텐베르크가 금속활자를 발명하지 않았다면 종교개혁의 신호탄이 된 마틴 루터의 반박문은 독일 중북부의 작은 도시 비텐베르크 시민들끼리 떠들다 흐지부지 사라졌을 것이다.

금속활자에 의해 무한 복제된 이 반박문은 아무도 예상치 못한 변화를 불러왔다. 고요한 호수에 돌을 던진 것처럼 수천 년 동안 종교에 짓눌려 있던 중세 유럽인들의 의식을 깨운 것이다. 이 자각은 종교혁명을 끌어내고 르네상스 시대의 문을 활짝 열어젖혔다. 그리고 인류의 역사에서 중요한 기점이 되는 산업혁명으로 이어졌다. 자신의 주장을 철회하지 않으면 수도사직을 파문한다는 로마 가톨릭의 교서를 대중들 앞에서 불태워 버린 마틴 루터조차 예상하지 못한 혁명적인 변화였다.

금속활자가 가져온 또 하나의 놀라운 변화는 인쇄기로 대량 생산된 성경책을 일반 시민들이 읽게 되면서 사제들이 독점한 종교적 지식과 정보의 카르텔을 무너뜨렸다는 사실이다. 그리고 마틴 루터가 반박문을 내건 지 454년 뒤 인류의 역사를 바꾼 또 하나의 혁명적인 발명품이 세상에 출현한다. 그리고 이 문명의 이기는 50년 동안 발전을 거듭한 끝에 마침내 세상을 완벽하게 변화시킨다. 그 문명의 이기는 바로 통신혁명이라 일컫는 인터넷이다.

우리가 세상이 변했다는
사실을 깨닫는 것은
전에 없던 시스템과
빈번하게 마주치는 순간이다.

보다 확실하게 변화를 인식하는 것은
주변에서 나와 사고방식이
다른 사람들이 많아졌을 때다.
내게 익숙한 것들이 사라지고
새로운 시스템이 완전히 정착되었다는 것을 의미한다.

여기서 중요한 것은
내가 그 변화를 알아차렸을 땐
모든 변화가 끝난 뒤라는 사실이다.

인터넷은 컴퓨터와 컴퓨터를 연결하는 거대한 통신망이다. 미국 정부 연구관리기관과 대학의 연구원들이 정보를 신속하게 교환해야 할 필요성에서 만들어진 네트워크는 미 국방부가 군사용으로 네 대의 컴퓨터를 연결하면서 점차 전국 규모 연구용 네트워크로 발전했고 뒤에 민간기업과 대학의 네트워크가 연동되면서 거대한 인터넷으로 발전했다.

인터넷이 문자와 금속활자에 비견되는 것은 종래의 개념을 완전히 바꾸어 놓았기 때문이다. 인간이 도저히 극복할 수 없는 시간과 거리의 장벽을 무너뜨린 것이다. 유럽을 떠난 인류가 동아시아를 거쳐 베링 해협을 넘어 남미 최남단 지구의 땅끝인 티에라 델푸에고섬까지 가는 데 걸린 시간이 수만 년이다. 그런데 인터넷은 클릭 한 번으로 지구 반대편의 사람과 실시간으로 정보를 주고받을 수 있게 만들었다.

더 놀라운 것은 사이버스페이스에 인류가 지난 10,000년 동안 축적한 지식과 정보를 시간과 장소에 상관없이 마음대로 사용할 수 있다는 사실이다. 즉 자신의 방에서 세계 유명 대학과 연구기관에서 발표한 논문을 비롯한 각종 자료를 보고 내가 가진 지식과 정보를 실시간으로 불특정 사람들과 공유할 수 있다는 것이다. 시간, 국경, 인종, 빈부, 종교, 이념에 상관없이 누구라도 마음만 먹으면 지식과 정보를 공유할 수 있다는 것은 가히 혁명이었다.

문자가 만들어진 후 지식과 정보는 지식인들의 전유물이었다. 대중들은 그들이 생산한 지식과 정보에 이의를 제기할 수 없는 철저한 소비자였다. 이렇게 10,000년 동안 고착된 먹이사슬의 구조를 인터넷이 깨어 버렸다. 지식인들이 독점한 권력을 하루아침에 송두리째 무너뜨린 것이다.

구텐베르크가 발명한 금속활자가 성경책을 찍어내면서 사제들이 독점한 종교적 지식과 정보가 무너진 것처럼 인터넷이 이 시대 지식인들의 독점적 권리를 해제하고 평준화시켜 버린 것이다. 이는 그 어떤 문명의 이기도 해낼 수 없었던 혁명이었다. 그리고 이 순간에도 비즈니스, 통신, 유통, 교육, 금융, 음악, 영화, 여행, 레저, 게임을 비롯한 전 분야에서 확대 재생산을 무한 반복하며 끝없이 영역을 확장해가고 있다.

요즘 아이들은 궁금한 것을 엄마에게 묻지 않는다. 유년기의 아이들도 마찬가지다. 호기심을 해결하기 위해 학교 선생님을 찾고 은밀한 지식을 얻으려고 선배들을 쫓아다니지 않는다. 대신 아이들은 컴퓨터에서 지식인 검색을 하고 위키피디아를 들여다본다. 거기에는 부모들과 선생님도 알지 못하는 지식과 정보가 상세하게 정리되어 있다.

최근에는 한 단계 더 나아가서 유치원 아이들은 인공지능 기계를 가지고 놀고 초중고생은 유튜브에서 필요한 지식과 정보를 찾는

요즘 아이들은 궁금한 것을
엄마에게 묻지 않는다.

유년기의 아이들도 마찬가지다.
호기심을 해결하기 위해 학교 선생님을 찾고
은밀한 지식을 얻으려고 선배들을 쫓아다니지 않는다.

대신 컴퓨터에서 지식인 검색을 하고
위키피디아를 들여다본다.

이런 변화가 주는 의미는 상당히 중요하다.
수백만 년 동안 유구하게 이어져 온
생존방식이 달라졌다는 것을 의미하기 때문이다.

다. 이런 변화가 주는 의미는 상당히 중요하다. 수백만 년 동안 유구하게 이어져 온 생존방식이 달라졌다는 것을 의미하기 때문이다.

수렵 채집 생활을 하던 시절부터 지금까지 인간은 생존에 필요한 지식과 정보를 부모 형제들에게 전수했다. 사냥에 필요한 무기를 만드는 방법과 짐승을 사냥하는 방식, 먹을 수 있는 열매와 먹지 말아야 할 열매를 구분하고 물고기와 새들의 특성을 도제식으로 배우고 익히며 생존해왔다.

이런 방식은 문명을 이룬 후에도 마찬가지였다. 세상을 살아가는 데 필요한 모든 삶의 지혜를 부모 형제들에게 배운 다음 수정 보완하여 자식들에게 전했다. 그런데 인터넷의 출현으로 수백만 년 동안 면면히 이어져 온 도제식 생존방식이 하루아침에 그 효용성을 상실한 것이다. 인류의 역사에 있어 가장 중요한 변곡점이 찾아온 것이다.

1990년대 초반까지 통신수단은 무선호출기였다. 삐삐하는 호출음이 들리면 사람들은 전부 이 자그마한 기계를 꺼내 작은 흑백화면에 나타난 숫자를 확인했다. 그러고는 근처에 있는 공중전화를 찾아서 전화를 걸었다.

그런 어느 날 휴대전화가 등장했다. 양방향 통화가 가능한 휴대전화는 혁신적이었지만 대중화되진 못했다. 휴대전화 가격이 예치금을 포함하여 180만 원에 달했기 때문이다. 수시로 연락을 주고

받는 사업가들만 이용할 뿐 일반인들은 무선호출기만 있어도 일상에 불편을 느끼지 못했다. 이때만 해도 인터넷이란 단어를 아는 사람은 많지 않았다. 사람들은 여전히 월말이면 공과금을 내기 위해 은행 창구 앞에 줄을 섰고 전화국은 전화 요금을 내려는 사람들로 북새통을 이루었다. 극장은 입장권만 있으면 아무 곳에나 앉았고 식료품을 사기 위해 시장에 가고 편지를 써서 우체통에 넣었다. 명절을 앞두고선 기차표를 예매하기 위해 밤새워 줄을 섰고 시내버스를 타기 위해선 토큰이 필요했다.

그런 어느 날 신문지면에 인터넷이란 용어가 등장했고 몇 년 후 두루넷이란 회사가 초고속 인터넷 서비스를 시작했다. 기존의 전화 모뎀보다 약 200배, ISDN보다 약 100배 빠른 인터넷 서비스는 1999년 7월에 10만 명이었던 가입자가 2000년 8월에 50만 명, 2001년 5월에는 100만 명을 돌파했다. 초고속 인터넷이 너무나 익숙한 오늘날은 실감하지 못하지만, 음악 파일 전송에 30분 걸리던 시절 초고속 인터넷은 획기적이었다.

이때부터 조금씩 변화가 일어나기 시작했다. 그러나 이런 변화를 감지한 사람은 그리 많지 않았다. 이메일이 등장했지만, 사람들은 여전히 편지를 보내기 위해 우체국을 찾아갔고 포털사이트가 등장하고 카페와 블로그가 생겨 관심을 끌었으나 반짝 효과에 불과했다.

그런데 초고속 인터넷 가입자가 2002년 5월 900만 명을 넘어서자 상황이 급변했다. 2만 원 초반이던 SK텔레콤의 주가가 200만 원을 넘어서자 사람들은 뒤늦게 무슨 일이 일어났다는 사실을 알아차렸다. 무선호출기가 사라지고 월말이면 공과금과 전화 요금을 내기 위해 북적거리던 은행과 전화국이 쥐죽은 듯 조용해졌고 영화관은 쾌적한 멀티플렉스로 바뀌었고 메일로 사진과 문서를 주고받고 표를 예매하기 위해 북적거리던 기차역이 한산해지고 토큰이 사라졌다. 전화번호가 적힌 수첩이 사라졌고 휴대전화 앱을 켜면 물어물어 찾아가던 길이 상세하게 나타났다. 서로 한 번도 본 적 없던 사람들이 인터넷 카페에서 만나 산과 바다로 갔고 개인들이 자기 생각을 글로 써서 블로그에 올리기 시작했다.

이때부터 인터넷은 우리 사회 시스템 전부를 집어삼키며 폭주하기 시작했다. 이는 초기 통신망을 개발한 사람들도 예상치 못한 급격한 변화였다. 각기 흩어져 있는 개인의 컴퓨터를 연결만 했을 뿐인데 인터넷은 어째서 이렇게 무서운 속도로 세상을 변화시킨 걸까. 그것은 우리 일상에 만연한 비합리적인 요소를 제거했기 때문이다. 전화 요금과 공과금을 내기 위해 몇 시간씩 은행 창구 앞에서 기다리지 않고 방 안에 앉아서 필요한 물건을 살 수 있는 시스템을 만들었기 때문이다. 지나가는 사람을 붙잡고 길을 묻지 않고 무거운 토큰을 갖고 다니지 않고 편지를 보내기 위해 우체통을 찾지 않아도 되었기 때문이다. 시간과 비용을 절감하는 합리적인 편의성 때문에 인터넷에 빠져들 수밖에 없었다.

더 중요한 것은 지식과 정보의 공유였다. 각기 흩어져 있던 개인의 지식과 정보가 사이버 공간에 축적되면서 폭발했다. 문명을 이룩한 후 모래알처럼 흩어져 있던 사람들의 지식과 정보가 한 곳에 쌓여 응축되면서 빅뱅이 일어난 것이다. 이른바 집단지성의 폭주다.

인간은 학습의 동물이다. 인터넷의 합리적인 편의성을 확인한 사람들은 자기 주변의 비상식적이고 불합리한 요소를 제거하는 일에 적극적으로 나서기 시작했다. 이것이 인터넷에 폭주할 수밖에 없는 이유였다. 인터넷을 통해 실핏줄처럼 이어진 개인들의 지식과 정보는 24시간 이동하며 우리 일상과 사회 시스템을 바꾸어나갔다.

인터넷이 우리에게 준 가장 큰 변화는 생존방식이다. 태어난 순간부터 인터넷을 접한 세대들이 전통적인 도제식 생존방식을 탈피하고 있기 때문이다. 물론 지금은 어느 쪽도 아닌 과도기지만 언젠가는 새로운 생존방식이 정착되는 날이 올 것이다. 그땐 아버지의 역할이 저절로 축소될 수밖에 없다. 어머니 역시 편의를 제공하는 존재로 전락할 수 있다. 극단적인 비약이지만 전통적인 가족의 개념도 달라질 수 있을 것이다.

세상은 지금까지 잠시도 쉬지 않고 변화해왔다. 그리고 새로운 문명의 이기가 나타날 때마다 비약적으로 발전했다. 새로운 세상은 언제나 새로운 가치관과 세계관을 요구한다. 기존의 사고방식으론 새로운 세상을 살아갈 수 없기 때문이다.

지난 2012년, 세계적인 필름제조회사 코닥Kodak이 미국 연방 법원에 파산보호 신청을 했다. 전 세계 필름 시장 점유율 90%를 기록하던 코닥은 그동안 회사를 살리기 위해 각종 사업 부분을 매각하고 특허 기술까지 팔았지만 결국 파산을 막지 못했다. 코닥이 몰락한 원인은 디지털카메라였다. 1998년 필름이 필요 없는 보급형 디지털카메라가 출시되자 오랜 역사를 자랑하던 코닥에 균열이 일기 시작했다. 아이러니하게도 전 세계에서 디지털카메라를 가장 먼저 개발한 회사가 코닥이었다. 그러나 코닥은 디지털카메라가 자신들의 주력 사업인 필름 판매에 결정적인 타격을 준다는 판단을 내리고는 출시를 계속 늦추었다. 시대의 흐름을 거부한 것이다. 그리고 시대의 변화를 역행한 결과는 130년 동안 이어진 회사가 문을 닫고 역사 속으로 사라지는 것으로 종결되었다.

코닥처럼 시대의 변화를 수용하지 못해 시장에서 외면받은 기업이 또 있다. 세계 최초로 휴대전화를 출시한 모토로라다. 1996년에 출시된 스타텍은 수백만 원에 달하는 가격에도 불구하고 선풍적인 인기를 끌었다. 벽돌처럼 묵직한 휴대전화가 득세하던 시절 한손에 잡히는 폴더폰을 내놓은 모토로라는 세계 시장 점유율 50%가 넘는 독보적인 기업이었다. 2005년 레이저를 출시하며 피처폰의 최강자로 군림하던 모토로라는 2년 뒤 애플의 아이폰이 등장하자 거짓말처럼 순식간에 무너졌고 결국 모토로라의 휴대전화 사업은 구글에 넘어갔다.

1998년에서 2011년까지 블랙베리를 앞세워 세계 시장 점유율 1위를 자랑하던 노키아도 비슷한 전철을 밟았다. 2013년 9월에 마이크로소프트사에 헐값에 매각된 것이다.

한때 시대를 대변하던 두 회사의 몰락이 놀라운 것은 아득히 먼 옛날이 아니라 불과 십수 년 사이에 발생했다는 사실이다. 이는 지금 현재 우리 눈에 보이진 않지만 엄청난 변화가 현재진행형이란 것을 의미한다. 반면 시대의 변화에 순응하지 못한 이들과 달리 변화를 적극적으로 받아들여 성공한 기업도 있다.

얼마 전, 전 세계 화장품 업계 1위인 로레알에 4,000억을 받고 지분 50%를 넘긴 스타일난다가 그런 경우라고 할 수 있다. 이제 겨우 서른 초반의 스타일난다 대표는 동대문에서 사들인 보세 옷을 인터넷 쇼핑몰에서 팔기 시작한 지 10년 만에 이런 놀라운 업적을 만들어 냈다.

스타일난다의 성공은 복합적이다. 이 젊은 여성이 시대적 변화를 미리 알아차린 것인지 아니면 자금 문제로 인터넷 쇼핑몰을 차

렸는지는 알 수 없다. 하지만 중요한 것은 당시 사람들이 유동인구가 많은 목 좋은 점포를 확보하기 위해 은행을 들락거릴 때 아무도 생각하지 않은 사이버 공간에 점포를 차렸다는 사실이다. 물론 이 당시 우후죽순으로 들어선 인터넷 쇼핑몰 업체 모두 성공한 것은 아니다. 스타일난다를 키워 낸 그녀만의 남다른 감각이 있었기에 성공했을 것이 분명하다.

어쨌든 중요한 것은 그녀가 인터넷이 만들어 낸 시대의 변화를 적극적으로 수용했다는 사실이다. 당시는 알지 못했지만, 그녀가 시내 번화가가 아닌 사이버 공간에 점포를 만들고 옷을 팔기 시작한 시기는 인터넷의 대중화로 전자상거래가 본격적으로 시작되던 전환기였다. 동시에 기존의 옷가게들이 부진을 겪기 시작한 출발점이었다. 가게를 찾아가서 필요한 옷을 사던 고객들이 인터넷 점포에 주문하기 시작한 것이다. 처음에는 의혹의 시선으로 인터넷 쇼핑몰 업체를 바라보던 고객들의 인식이 바뀐 것은 가격 경쟁력이었다. 다양한 의류를 저렴한 가격에 집까지 배달하고 마음에 들지 않으면 반품할 수 있다는 것이 소비자들의 마음을 흔들어 놓은 것이다.

이렇게 전자상거래에 발을 들여놓은 사람들은 저가 단품에서 점차 고가의 제품으로 구매를 옮겨갔다. 전자상거래의 장점은 시공간의 제약이 없고 매장 임대료가 들지 않으며 판매사원이 필요 없다는 점이다. 그리고 가장 중요한 것은 고객층의 무한 확장이다. 아무리 유동인구가 많은 번화가 중심에 있는 점포라도 손님의 숫자는 한정되어 있다. 시간과 공간의 제약을 받기 때문이다. 그런데 인터넷 쇼핑몰은 이런 시공간의 제약을 벗어나서 대한민국 국민 전체를 고객으로 만들었다. 더 나아가서 중국과 일본을 비롯한 동남아 시장까지 아우를 수 있는 확장성을 갖고 있었다. 실제 스타일난다를 적극적으로 이용한 고객 중에 중국 현지인들의 숫자가 상당하다.

스타일난다의 성공은 우리에게 많은 것을 시사한다. 우선 목 좋은 곳에 점포를 확보해야 한다는 자영업 성공방식이 깨어진 것이다. 이것은 종래의 자영업 패러다임이 바뀌었다는 것을 의미한다.

실제 국내 전자상거래 규모는 2004년 8조였으나 14년 후 78조 2,000억 원으로 폭발하듯 증가했다. 이처럼 인터넷 전자상거래가 비약적인 발전을 할 수 있었던 것은 인터넷이라는 인프라가 있었기 때문이었다. 즉 시대적인 변화가 새로운 방식의 사업 패턴을 만들어 낸 것이다. 그리고 이런 변화는 의류업계만이 아니라 전 업종에 걸쳐 똑같이 적용할 수 있다.

오사카 남부 교통의 중심지인 난바역에서 신사이바시역을 지나 도톤보리까지 이어지는 신사이바시, 도톤보리에서 난바역까지 이어지는 에비스바시 상점가는 평일 대낮에도 걸어 다닐 수 없을 정도로 사람들이 붐빈다. 주말 저녁이면 그야말로 인산인해다. 이곳에서 제법 알려진 식당은 예약하지 않으면 자리를 잡을 수 없고 이름 없는 가게조차 종일 손님들이 북적거린다.

오사카 번화가에 이렇게 많은 관광객이 몰리는 이유는 무엇일까. 일본이 해외 관광객 유치를 위해 입국 문턱을 낮추기 위해 부단한 노력을 기울였기 때문일까. 혹은 국토교통성의 일개 국에 불과했던 관광국을 청으로 승격시키며 관광산업을 지속 가능한 성장 전략으로 삼겠다는 아베 총리의 의지가 맞아떨어진 걸까. 물론 1년에 3,000만 명에 가까운 사람들이 일본을 찾아오는 것은 이런 정책의 영향을 받았을 것이다.

그러나 그것만으로는 특별한 볼거리가 없는 오사카를 찾아오는 수많은 사람을 설명할 수 없다. 에비스바시가의 가게 주인들이 오사카 시민이 아닌 전 세계 사람들을 상대로 장사를 할 수 있는 배경에는 인터넷이 숨어 있다. 사람들은 오사카행 비행기 표를 끊고 나서부터 인터넷 검색을 통해 오사카의 맛집을 찾아낸다. 그리고 간사이 공항에 도착하기 무섭게 미리 보아둔 맛집을 순례하며 사진을 촬영한다. 그런 다음 그 사진들을 자신의 블로그나 페이스북에 올린다.

이런 이유로 별다른 유적지가 없는 오사카에 관한 정보가 인터넷에 차고 넘친다. 그리고 이 정보를 접한 사람들이 오사카를 찾아와서 음식점 앞에 길게 줄을 늘어서는 선순환의 구조가 만들어진 것이다. 인터넷이 만들어 낸 새로운 영업방식은 국내에도 똑같이 적용할 수 있다.

우리나라 어느 도시든 눈에 거슬리는 것이 있다. 창문, 벽, 옥상, 출입문 등 비어 있는 곳이 없을 정도로 원색으로 도배하듯 붙어 있는 간판이다. 건물의 가치를 떨어뜨리는 것은 물론이고 도시 미관을 심각하게 훼손하는 간판들을 그냥 내버려 둔 상황이 그저 놀라울 뿐이다. 물론 건물에서 비싼 임대료를 내고 영업하는 업주들의 생각을 이해할 수 없는 것은 아니다. 사람들 눈에 조금이라도 띄고 싶은 그들의 염원이 노랗고 빨간색 간판을 만들어 냈기 때문이다.

그러나 글자의 크기와 색이 조화를 이루지 못한 무분별한 간판의 난립은 오히려 사람들의 눈살을 찡그리게 만든다. 그래서일까. 최근에는 젊은이들이 많이 찾는 익선동, 망원동, 이태원, 을지로에 간판 없는 가게들이 하나둘 들어서고 있다고 한다. 가게 하나에 간판을 예닐곱 개를 내걸고도 직성이 풀리지 않아 보도 위에 입간판까지 세우고 있는 업주들이 보면 기가 막힐 일이다.

물론 간판을 없앤 것은 호기심을 유발하기 위한 마케팅일 수 있다. 그러나 예전 같으면 상상도 할 수 없는 이런 가게들이 영업이 꽤 잘된다는 사실을 간과해선 안 된다. 간판 없는 가게들을 찾아오는 손님들이 많다는 그 자체가 큰 변화이기 때문이다.

근래 들어 볼 수 있는 또 다른 현상은 서울과 지방을 가리지 않고 사람들이 거의 다니지 않는 외진 곳에 가게들이 생겨난다는 것이다. 마치 숨바꼭질하는 듯 숨은 카페와 식당과 선술집에 손님들이 많다는 사실에 놀란다. 예전 같으면 파리 날리는 이런 가게들이 성공하는 이유는 SNS가 있기 때문이다.

인터넷을 공기처럼 사용하는 소비자들은 독특한 분위기를 중요하게 여긴다. 이들이 올린 가게 사진들은 전염성 강한 바이러스처럼 SNS를 타고 퍼져나간다. 그리고 친구들의 SNS에 올라온 사진을 본 사람들은 기꺼이 동네 한갓진 곳에 있는 가게를 찾아온다. 인터넷이 술집이나 카페가 반드시 유흥가에 있어야 한다는 공식을 깨 버린 것이다.

이젠 장소가 아니라 사람의 마음을 움직일 수 있는 아이템이 중요하다는 것을 알리는 변화다. 우리가 미처 인식하지 못하는 사이에 새로운 패러다임이 우리의 일상을 빠르게 바꿔나가고 있다는 사실을 알려준다. 지금은 비록 가시적으로 드러나지 않으나 임계점을 넘어서는 순간 이런 현상은 당연한 일상이 될 것이다.

이처럼 인터넷이 우리가 알고 있는 기존의 가치를 전복하는 사례는 헤아릴 수 없이 많다. 페이스북도 그중 하나라고 할 수 있다. 2018년 1분기 페이스북의 매출은 119억 7,000만 달러다. 입이 벌어지는 숫자다. 페이스북은 제품을 생산하지도 않고 아마존처럼 제품을 판매하는 기업이 아니다. 그런데 어떻게 이 엄청난 수익을 올릴 수 있는 걸까. 결제 및 수수료 비즈니스를 제외한 매출의 86%가 광고에서 나온다.

페이스북의 자산은 페이스북을 이용하는 고객들의 국적, 성별, 나이, 포스팅을 통해 파악한 성향과 취미를 비롯한 개인정보다. 이들은 개인들이 자발적으로 제공한 정보를 바탕으로 광고수익을 올린다. 구글도 마찬가지다. 구글은 자사의 회원들이 사용하는 G메일과 유튜브 등 70가지 서비스를 통해 정보를 수집해서 광고수익을 창출한다. 각기 흩어진 개인정보는 아무런 가치가 없지만 수 억 수십 억의 정보가 한 곳에 모이면 수익이 만들어지는 것이다. 유튜브에서 뭔가를 검색하고 난 뒤에 다시 들어가면 자신이 찾은 것과 유사한 동영상이 올라오는 것은 개인들의 취미와 성향을 분석한 알고리즘이 작동하기 때문이다. 구글에서는 이런 방식을 검색 없는 검색이라고 한다. 힘들게 정보를 찾는 것이 아니라 정보가 이용자를 찾아오는 방식이다.

시대가 변하면 우리가 소비하는 제품도 달라지고 패턴도 변한다. 이에 영향을 받은 기업들은 다시 새로운 제품을 만들어 낸다. 이렇게 선순환이 이루어지며 계속 발전해간다. 이런 과정에서 효용 가치를 상실한 제품은 용도 폐기될 수밖에 없다. MP3, 카세트 플레이어, 필름카메라, LP, 무선호출기, 버스 토큰, 브라운관 TV,

비디오테이프처럼 한때 관심을 받던 제품들이 우리 일상에서 흔적도 없이 사라졌다. 그리고 새로운 제품이 그 자리를 차지한다.

이 순간에도 혁신으로 무장한 제품이 세상 어딘가에서 만들어지고 있을 것이다. 그리고 아무도 그 변화의 끝을 예측할 수 없다. 이처럼 십수 년 전만 해도 세상에 없었던 제품이 일상화가 되고 전에 없던 수익을 창출하는 기업이 무서운 속도로 증가했다는 것은 이미 세상이 변했다는 것을 알려주는 증거라고 할 수 있다.

앞서 말했듯 새로운 이기의 출현은 동시대를 살아가는 사람들의 모든 것을 변하게 만든다. 새로운 시스템에 적응하기 위해선 기존의 생각과 다른 사고가 필요하기 때문이다. 지금 우리 사회의 극심한 혼란도 이런 과정이라고 할 수 있다. 그러나 결국 기존의 낡고 고루한 방식은 도태될 수밖에 없다. 그리고 사람들도 그 새로운 시스템에 맞춰 살아가야 한다.

그렇다면 이렇게 급변하는 세상을 살아가는 개인은 어떻게 대처해야 할까. 새로운 제품이 나타날 때마다 소비하면 그만일까. 그것만으로 시대의 변화에 동참할 수 있는 걸까. 아니면 어떤 방식으로 이 새로운 변화를 받아들여야 하는 걸까.

세상이 아무리 달라져도 절대 변하지 않는 것이 있다.

그것은 지식과 정보를 다루는 문자다.

권력의 주체가 바뀌었을 뿐 문자는 여전히 세상의 중심이다.

이 절대적인 지위는 영원히 존속될 것이다.

우리가 책을 읽는 이유는 바로 이것이다.

생존에 필요한 모든 지식과 정보가 문자로 이루어져 있기 때문이다.

지식과 정보의 시대

인류의 역사는 지식과 정보를 가진 자와 못 가진 자로 나누어진다

● 아이들의 눈에 비친 세상은 신비하다. 호기심 넘치는 아이들은 엄마를 붙잡고 이게 뭐야, 저게 뭐야 하는 질문을 쉴 새 없이 쏟아 낸다. 엄마는 아이들의 궁금증과 호기심을 해소해주기 위해 지식을 총동원한다. 부모들의 이런 헌신적인 노력에 아이들은 하늘에서 내린 눈비가 강물이 되어 바다로 흘러들고 수증기로 변해 하늘로 올라가는 순환과정과 여름 한철 동안 나무에 붙어 맹렬하게 우는 매미가 7년 동안 땅속에 살다 성충이 되어선 불과 한 달밖에 살지 못하고 죽는다는 사실을 알게 된다. 또 봄에 찾아온 제비와 뻐꾸기가 알을 낳고 새끼를 키운 다음 가을이면 따뜻한 남쪽으로 날아가고 겨울철에는 청둥오리와 기러기가 찾아온다는 사실을 배운다.

부모를 통해 세상 만물의 이치를 어느 정도 알게 된 아이들은 학교에서 본격적으로 세상을 살아가는 데 필요한 것을 배우고 익힌다. 그러나 학교에서 모든 것을 가르쳐주는 것은 아니다. 선배들에게 배우며 성장한 아이들은 학교를 졸업하고 사회로 진출하여 다양한 사람들을 만나면서 점차 어른이 되어간다. 그리고 결혼하여 자신의 자녀에게 다시 세상 만물의 이치를 전수한다.

시대에 따라 방식의 차이는 있지만, 인류는 수백만 년 전부터 이런 방법으로 생존을 유지해왔다. 생산능력이 떨어진 노년층과 누군가를 가르치는 사람들이 공동체 안에서 존경받고 영향력을 행사

할 수 있었던 것은 바로 이런 이유 때문이다. 그들의 경험에서 우러나온 삶의 지혜와 지식과 정보가 생존에 절대적으로 필요했던 것이다.

1980년대 대학 진학률은 19.5%였다. 고등학교 졸업생 열 명 중 두 명이 대학에 진학했다. 우리가 알고 있는 유명 대학에 입학하면 동네 입구에 축하 플래카드를 내걸던 시절이었다. 대학생들을 바라보는 사회적 인식도 지금과 현저하게 달랐다. 유독 나이를 따지고 서열을 중시하는 어른들도 대학생은 함부로 대하지 않았고 오히려 존중했다. 대학생들을 지식인이라고 생각했기 때문이다.

당시 대학생들은 이런 사회적 기대에 부응하기 위해 부단히 노력했다. 지식인에 걸맞게 책을 읽고 글을 쓰는 일을 게을리하지 않았다. 그들은 니체, 쇼펜하우어, 헤겔, 칸트의 실존주의 철학과 당대를 대표하는 다양한 소설과 사회 비평에 이르기까지 광범위한 독서를 했다. 이는 당연하게도 대학생들의 지적 수준을 더 높여주었다. 이들뿐만 아니라 무언가를 많이 아는 사람은 어디를 가도 존경받았다. 어떤 질문에도 막힘없이 대답하는 사람을 척척박사라고 부르던 바야흐로 박사들의 전성시대였다.

국내 대학을 졸업은 재원들은 서둘러 해외 유학길에 올랐다. 그리고 각고의 노력 끝에 박사학위를 받은 다음 한국으로 돌아왔다. 금의환향이었다. 하버드, 스탠퍼드, 케임브리지, 옥스퍼드 같은 일류 대학이 아니라도 상관없었다. 외국에서 박사학위를 받았다는 것만으로 그들은 지금은 상상할 수 없는 극진한 대접을 받았다. 취업도 입맛대로 고를 수 있었다. 국내 굴지의 대기업을 포함하여 각 부처에서 서로 모셔가기 위해 줄을 섰기 때문이다. 당시 그들이 외국에서 받은 학위를 전가의 보도처럼 휘두른 것은 사회적으로 지식인을 숭상했기 때문이다. 우리나라 대학 입학률이 폭발적으로 상승하기 시작한 것은 이때부터다. 대학을 졸업하고 외국에서 박사학위를 받은 사람들이 이 나라의 모든 관직과 요직을 차지하는 것을 지켜봤기 때문이다. 부모들은 너도나도 논밭을 팔아서 자녀들을 대학에 보내고 외국으로 유학을 보냈다. 자녀들을 지식인 대열에 들여보내기 위해 기꺼이 자신을 희생한 것이다.

그렇다면 사회가 이렇게 지식인들을 존중했던 이유는 무엇일까. 세상의 모든 지식과 정보가 문자로 만들어지기 때문이다. 그 문자를 다루는 사람이 지식인들이었다.

수렵 채집 생활을 끝내고 도시국가를 건설한 인류에게 가장 필요한 것은 지식과 정보를 전달하고 공유하는 방법이었다. 소규모 집단생활에는 문제가 되지 않지만, 인구가 많은 도시국가는 상황이 달랐다. 단순하게 말로 지식과 정보를 전달하는 방식이 한계에 부딪힌 것이다. 말은 휘발성이 강해 전적으로 기억에 의존할 수밖에 없다. 그러나 아무리 두뇌가 뛰어난 사람이라도 시간이 지나면 기억력은 약해진다. 이에 정보의 불일치로 인한 혼란을 막기 위해 기록할 수 있는 문자의 필요성이 대두된 것이다. 이런 이유로 만들어진 문자는 한 번 기록되면 영원히 변하지 않았다. 정확성과 영속성을 동시에 가질 수 있게 된 것이다.

그러나 초기 문자는 복잡한 기호와 상징으로 이루어져 있어 이를 다룰 수 있는 사람은 극소수였다. 따라서 문자를 쓰고 해석할 수 있는 사람은 자연스럽게 권력의 중심에 설 수밖에 없었다. 문자가 권력을 장악한 것이다. 고대 이집트인들이 신들의 것이라며 신성시한 문자는 그때부터 지금까지 한순간도 멈추지 않고 권력을 유지해왔다. 따라서 동서양을 막론하고 문자를 다루는 사람들이 사회적 부와 권력을 독점한 것은 당연한 일이었다.

숙종 22년, 한양의 한 부잣집에서 옻관을 사용하는 바람에 조정이 발칵 뒤집혔다. 이게 무슨 문제가 될까 싶지만, 시대적 상황은 그렇지 않았다. 왕가의 장례에만 옻칠한 관을 사용할 수 있었기 때문이다. 문제를 일으킨 집안에서는 조정 대신들에게 수십만 냥의 돈을 뿌려 결국 사건 자체를 무마했다. 이 집안의 주인은 중인 신분의 역관譯官이었다. 그런데 한낱 통역을 담당하는 관리가 어떻게 조선 최고의 부자가 된 걸까.

당시 조선은 1년에 수차례씩 중국에 사절을 파견했다. 사신단의 규모는 정사와 부사, 역관을 포함하여 서른 명이지만 여기에 마부 지식인들을 존중했던 이유는 무엇일까.

세상의 모든 지식과 정보가 문자로 만들어지기 때문이다.

그 문자를 다루는 사람이 지식인들이었다.

문자는 한 번 기록되면 영원히 변하지 않았다.

정확성과 영속성을 동시에 가질 수 있게 된 것이다.

문자를 쓰고 해석할 수 있는 사람은
자연스럽게 권력의 중심에 설 수밖에 없었다.
문자가 권력을 장악한 것이다.

와 짐꾼을 더하면 300명에 달하는 대규모 인원이었다. 역관은 공식 사절인 동시에 감독 역할까지 맡았다. 매년 사신들이 바뀌는 것과 달리 역관들은 고정이었다. 한양에서 출발한 사신단이 북경으로 갔다가 돌아오는 기간은 보통 반년 정도 소요되었다.

조정에서는 사신단에게 쌀, 포, 종이 등을 지급하여 경비로 충당하게 하였는데 그 관리를 역관에게 맡겼다. 거기다 사신단 개인에게 출장비 대신 팔포八包, 즉 인삼 80근을 무역할 수 있는 권한을 주었다. 팔포는 쌀 2,000석을 살 수 있는 큰 금액이다. 사신들이 입국 통관절차를 끝낼 즈음이면 중국 각지의 상인들이 물건을 가지고 책문으로 몰려들었다. 조선에서 가지고 간 물품은 인삼, 종이, 면포를 비롯한 각종 특산물이었다. 사신단은 이것을 판매한 돈으로 비단, 문방구, 약재, 가죽제품을 사서 왜관倭館을 통해 일본으로 넘기는 중계무역으로 엄청난 돈을 벌었다.

당시 조선의 관리들은 외국어를 하지 못했다. 따라서 국가 간에 이루어지는 외교든 무역이든 통역관들이 가장 먼저 정보를 접할 수밖에 없는 구조였다. 거기다 청과 일본에 관한 최고급 정보를 훤히 알고 있는 역관들이 막대한 부를 축적하는 것은 당연한 일이었다. 이렇게 부와 명예를 움켜쥔 역관들은 천거제를 이용해 자녀들에게까지 세습을 시켰다. 이런 과정을 통해 역관 변승업의 집안에서는 280년 동안 106명의 역관이 배출되었다. 그들은 비록 권력을 잡진 못했지만, 그에 필적하는 사회적 지위를 누릴 수 있었던 것은 당대의 지식과 정보를 독점했기 때문이다.

정보를 독점한 세력이 엄청난 이익을 보는 곳은 부동산 업계다. 부동산 투자는 정보가 생명이다. 정보를 가진 자와 정보를 찾는 자의 차이는 한마디로 천양지차다. 대한민국 부동산 투기의 출발점인 강남개발역사를 보면 정보의 중요성을 분명하게 알 수 있다.

1960년대 초반까지 평당 300원에 불과하던 강남 땅값은 제3 한강교가 생긴다는 소식이 알려지자 2,000~3,000원으로 올랐다. 그리고 1969년 제3 한강교가 개통되고 이듬해 경부고속도로가 뚫리면서 땅값은 그야말로 천정부지로 올라 오늘날은 평당 1억 원을 호가한다.

이 과정에서 가장 많은 이익을 거둔 사람들은 사전에 개발 정보를 알고 있던 사람들이었다. 강남개발을 주도한 도시계획국장이 강남구 토지 24만 평을 매매하여 당시 돈으로 324억을 남긴 것도 개발 계획을 손바닥처럼 들여다보고 있었기 때문이다. 이때부터 일확천금을 노린 사람들은 어느 지역이 개발되고 도로가 생긴다는 정보를 선점하기 위해 혈안이 되었다. 남들보다 한발 앞서 정보를 알아내야 그야말로 큰돈을 벌 수 있기 때문이었다.

어느 국가를 불문하고 쿠데타를 모의하는 집단은 가장 먼저 신문사와 방송국을 장악하는 계획을 세운다. 정보를 독점하기 위해서다. 전두환이 정권을 잡고 가장 먼저 단행한 정책도 언론 통폐합이었다. 정권에 비판적인 기독교 방송의 보도를 없애고 통신사는 연합통신으로 통합하고 나머지 군소 통신사는 없앴다. 1도 1사 방침에 따라 신문사를 흡수 통합한 다음 순수 문예지를 포함한 238개의 잡지를 폐간시켜 버렸다.

정권을 찬탈한 세력이 이렇게 무지막지한 방법으로 언론을 통폐합한 것은 자신들에게 우호적인 기사와 뉴스를 만들기 위해서였다. 실제 보도지침을 통해 기사와 뉴스를 통제한 결과는 놀라울 정도였다. 당시 정권이 인위적으로 철저하게 물가를 통제한다는 사실을 알지 못한 국민은 군부정권으로 인해 물가가 안정되고 서민을 괴롭히던 깡패가 사라졌다고 긍정적으로 평가했기 때문이다. 이처럼 집권 동안 계속된 정보의 독점은 결국 군부정권이 연장되는 결과로 이어졌다.

나치의 선전 장관 괴벨스도 정보를 독점하여 권력을 장악했다. 나치가 정권을 잡자 그는 곧바로 당시 독일인들이 즐겨듣던 라디오를 집중적으로 공략했다. 국가 예산을 투입하여 일반 노동자들이 1주일 급여로 라디오를 살 수 있게 한 것이다. 라디오가 전국적으로 보급되자 사람들은 자연스럽게 히틀러의 육성을 듣게 되었다.

괴벨스의 의도대로 민족공동체를 앞세운 히틀러가 아주 간단한 단어와 문장으로 특정 부분을 반복하는 선동에 무방비 상태로 빠져들었다. 라디오를 완벽하게 장악한 괴벨스는 신문도 그냥 내버려 두지 않았다. 매일 아침 베를린의 각 신문사 편집자와 지방신문 주재 기자들을 선전부에 불러 모은 다음 나치에 필요한 기사만을 신문에 싣게 했다. 그는 기사의 제목과 논설의 내용까지 상세하게 지시할 정도로 철저하게 언론을 통제했다. 이를 통해 피해를 본 것은 독일 국민이었다. 어떤 여과 장치도 없이 괴벨스의 선동을 스펀지처럼 흡수했기 때문이다.

이렇게 정보를 독점한 결과는 우리의 상상을 초월한다. 폴란드는 인구의 20%를 잃었고, 유고슬라비아와 소련은 약 10%를 잃었다. 약 570만 명의 유대인이 나치의 강제수용소와 죽음의 수용소에서 목숨을 잃었다. 영연방 국가들의 통계에 따르면 제2차 세계대전 전체 사망자 수는 3,500만~6,000만 명으로 추산된다.

만약 독일 국민이 나치의 선동과 실상에 대해 정확하게 알 수 있었다면 어떻게 되었을까. 결과론이지만 인류사에서 찾아보기 힘든 끔찍한 전쟁은 발발하지 않았을 것이다. 정보의 독점이 결국 이런 엄청난 비극을 불러온 셈이다.

90년대 언론의 공신력은 절대적이었다. 사실 확인 문제가 벌어졌을 때 신문이나 방송에서 봤다고 하면 그만일 정도로 영향력이 컸다. 대중들은 왜 이렇게 동서양을 떠나 신문방송을 절대적으로 신뢰한 걸까. 세상 모든 일에 심판관 노릇을 해도 누구 한 명 이의를 제기하지 못한 이유는 무얼까. 그것은 언론이 지식과 정보를 생산하는 주체이기 때문이다. 그래서 아무도 그 공정성을 의심하지 않은 것이다. 언론의 막강한 권력은 세상 모든 지식과 정보를 독점한 결과물이었다.

정보의 중요성은 자영업에서 드러난다. 90년대 중반까지 자영업 성공률은 꽤 높았다. 여러 가지 이유가 있지만, 결정적인 것은 지금처럼 자영업 비중이 높지 않았기 때문이다. 그렇다고 문을 연 점포마다 성공한 것은 절대 아니다. 아무리 좋은 조건을 갖춰도 실패하는 사람이 있기 때문이다.

어쨌든 당시 자영업에 성공하기 위해선 몇 가지 선결 조건이 필요했다. 그중 가장 중요한 조건은 유동인구가 많은 곳에 점포를 확보하는 일이었다. 이것은 결코 쉬운 일이 아니었다. 중심 상권의 임대료와 권리금이 너무 비쌌기 때문이다. 임대료와 권리금이 싼 지역은 점포를 얻어도 실패할 확률이 높았다. 그래서 당시 자영업을 하려는 사람들은 성공 확률을 높이기 위해 무리한 투자를 감행해야 했다. 이런 이유로 자영업의 성공과 실패는 입지 조건이 좋은 곳에 점포를 확보하는 것이 관건이었다.

당시 시내 중심가 뒷골목에는 보세가게들이 많았다. 가게 주인들은 대부분 서울의 동대문에서 도매로 사서 소매로 판매했다. 옷의 판매 가격을 정하는 것은 업주의 고유 권리였다. 그 물건의 원가를 아는 사람이 도매업자와 가게 주인밖에 없기 때문이다. 물론 턱없이 비싼 가격을 매길 순 없다. 손님들이 수긍할 만한 합리적인 가격을 책정하는 것이 중요하다. 따라서 보세가게의 성공은 좋은 물건을 싸게 매입하여 비싼 가격에 파는 것이었다. 여기서 중요한 것은 다른 가게보다 디자인이 좋은 물건을 저렴한 가격에 구입할 수 있는 정보였다. 이는 보세가게가 아니라 자영업 전체에 해당하는 사항이었다. 즉 어떤 업종이든 유동인구가 많은 번화가에 점포를 확보하고 품질 좋은 물건을 싸게 구입하여 합리적인 가격에 판다면 실패할 이유가 없었다. 대기업이 승승장구하는 것은 자본력이 뛰어난 점도 있지만, 정보력에서 앞섰기 때문이다.

중세 유럽인을 지배한 것은 한 나라의 왕이 아니었다. 그들의 정신과 육체를 지배한 것은 바로 종교였다. 당시 종교는 한 나라의 국왕도 혼인을 하거나 이혼을 하기 위해선 로마교황청의 허락을 받아야 할 정도로 막강한 권력을 휘둘렀다. 그렇다면 종교적 제의를 맡은 사제들이 이렇게 막강한 권력을 휘두른 것은 무슨 이유 때문일까. 그것은 중세 사람들에게 절대적인 삶의 기준인 성경을 독점하고 해석했기 때문이다.

인쇄술이 발명되기 전 성경은 사람들이 손으로 옮겨 적어야 했다. 따라서 73권짜리 성경 1질이 무려 집 10채를 살 수 있을 정도로 비쌌기에 일반인들은 성경을 읽거나 가질 수 없었다. 부유한 성

인류의 역사는
지식과 정보를 가진 자와
소유하지 못한 자로 나누어진다.

전자는 지배자며 후자는 피지배자다.
지식과 정보를 가진 사람들은
세상의 모든 권력과 부를 독차지했다.
그리고 세상은 언제나
그들이 원하는 방향으로 움직였다.

당이나 수도원만이 필경사들이 만든 값비싼 성경을 소유하면서 자연스럽게 성경을 읽고 해석하는 사제들의 권위가 높아진 것이다.

중세인들의 삶에서 성경은 그 무엇과도 비교할 수 없는 지식과 정보의 핵심이었다. 따라서 지식과 정보를 독점한 사제들이 자신들의 이익에 부합하는 해석을 내놓아도 반박할 근거가 없기에 무조건 따를 수밖에 없었다. 로마교황청이 "동전이 궤에 떨어지는 순간 죽은 자의 영혼은 연옥에서 벗어날 수 있습니다"라고 외치며 면죄부를 발행한 것은 성경을 독점했기에 가능했다.

인류의 역사는 지식과 정보를 가진 자와 소유하지 못한 자로 나누어진다. 전자는 지배자며 후자는 피지배자다. 지식과 정보를 가진 사람들은 세상의 모든 권력과 부를 독차지했다. 그리고 세상은 언제나 그들이 원하는 방향으로 움직였다. 지식과 정보를 갖지 못한 우매한 대중은 단지 그들의 뒤를 쫓아갈 뿐이었다.

이런 이유로 시대를 막론하고 사람들은 지식인 세계에 들어가기 위해 피나는 노력을 기울여왔다. 조선 시대 역관들이 자식들에게 세습한 것은 지식과 정보의 독점을 놓치지 않기 위해서다. 오늘날 수많은 사람이 사법, 행정, 외무고시에 매달리는 것도 권력을 휘두르는 지배자의 편에 서고 싶어서다. 과거에 급제하고 고시에 합격하는 순간 곧바로 지식인 세계에 들어갈 수 있기 때문이다.

한때 아는 것이 힘이라는 말이 유행했다. 그 말은 절대 그냥 나온 것이 아니라 세상을 꿰뚫어 보는 깊은 혜안에서 나온 말이다. 매년 수만 명의 입시생이 서울대에 들어가기 위해 치열한 각축전을 벌인다. 그들이 서울대에 들어가려는 이유는 명백하다. 서울대가 지식과 정보를 다루는 우리나라 최고의 교육기관이기 때문이다.

국가 간의 경쟁력도 마찬가지다. 18세기 영국이 전 세계에 식민지를 건설하고 막강한 위세를 떨칠 수 있었던 배경에는 산업혁명을 통해 지식과 정보를 가장 많이 소유하고 있었기 때문이다. 영국의 뒤를 이어 미국이 패권 국가가 된 것도 같은 이유다.

반면 지식과 정보를 소유하지 못한 국가는 언제나 열강들의 희생양이 되었다는 사실을 우린 역사를 통해 확인할 수 있다. 그런데 인류가 문자를 만들어 낸 후 지금까지 지속한 지식과 정보의 독점 현상이 하루아침에 무너졌다. 그 누구도 넘볼 수 없는 무소불위의 권력을 자랑하던 지식인의 세계도 허물어지기 시작했다. 그러자 세상은 전혀 예상할 수 없는 방향으로 급격하게 흘러가기 시작했다.

인터넷이 지식과 정보의 평준화를 만들었을 때 사람들은 열광했다.

그러나 임계점을 넘어간 지식과 정보는 무용지물이 되고 말았다.

지식과 정보가 넘쳐나지만

무엇이 진짜이고 무엇이 가짜인지 헷갈리기 시작했다.

지식과 정보라는 광대한 사막에서 길을 잃은 우리에게

탈출로는 정말 없는 걸까?

광대한 정보의 사막에서
어떻게 벗어날 수 있을까?

우리는 스스로 정보의 진실과 거짓을 구분해야만 하는 삶을 강요받는다

● 작년 가을 친구들과 통영으로 여행을 간 적이 있다. 몇 시간을 달려 통영에 도착한 것은 해가 저물어가는 저녁 무렵이었다. 낯선 여행지에 온 사람들의 심리는 대부분 비슷하다. 평소에 먹을 수 없는 지역 특산 음식을 먹고 싶어 한다. 그래서 우린 인터넷을 검색하여 통영에서 유명한 한 식당을 찾아냈다.

그런데 그 식당에 들어서는 순간 우린 동시에 당혹감에 빠졌다. 식당 안이 시장통처럼 사람들로 북적거렸기 때문이다. 그날 어쩔 수 없이 그 식당에서 식사한 것은 다른 식당을 찾아 나서기에 시간이 너무 늦어서였다. 우린 한 시간이 지나서야 겨우 식사를 했는데, 앞사람 말소리도 들리지 않는 북새통 속에서 먹은 음식 맛은 너무 평범했다. 가격이라도 저렴했으면 억울한 마음이 들지 않을 텐데 그날 우리가 주문한 음식은 시중가의 두 배에 가까웠다.

나중에 알고 보니 그날 식당을 찾아온 손님들은 우리처럼 외지에서 온 여행자들이었다. 그들도 우리처럼 인터넷을 검색하여 그 식당을 찾아온 것이었다. 어쨌든 그날 이후 인터넷에 올라온 정보가 정말 옳은 것인지 의심이 들기 시작했다. 그런데 알고 보니 그런 생각을 하는 사람은 나만이 아니었다.

올해 2월 한 신문에 걷기 운동의 효과에 관한 기사가 올라왔다. 내용은 간단했다. 기자가 직접 1년 동안 매일 10,000보를 걸었는데 몸무게가 1kg 줄었을 뿐 체지방이나 근육량에 변화가 없었다는 내용이었다. 그런데 걷기 운동 대신 매일 20분 정도 근력 운동을 하자 체지방이 4kg 빠지고 근육량이 2kg 늘어났다면서 결국 10,000보 걷기 운동이 효과가 없다는 주장을 제기하고 있었다. 평소 걷기 운동을 꾸준하게 해온 나는 이 기사를 읽고 난감했다. 기자의 말이 사실이라면 시간만 헛되게 낭비한 셈이 되기 때문이다.

이와 비슷한 것이 매일 물을 2L 이상 마셔야 건강해진다는 설이다. 언제부터인지 알 수 없지만, 전문가란 사람들이 방송에 나와 일어나자마자 마시는 물은 장운동을 활발하게 하여 변비와 비만을 예방하고 식사 30분 전에 마시는 물은 소화를 촉진하고 과식에 도움이 되며 잠자기 전에 물을 마시면 성인병을 예방할 수 있다고 주장했다. 그들은 또 수분이 부족하면 혈액 농도가 높아져 혈관이 막히는 급성심장질환이 발생할 수 있다고 경고하면서 하루에 섭취해야 하는 물의 양을 구하는 공식(키+몸무게÷100)까지 제시했다. 이런 사실을 알게 된 사람들은 물통을 들고 다니며 갈증이 없는데도 수시로 물을 마셨다.

한때 엄청난 인기를 끌던 비타민도 마찬가지다. 비타민 열풍이 불어닥치던 시절 신문방송에는 비타민C가 항산화제로서 피로감 개선이나 피부 탄력을 좋게 해주고 간접적인 미백효과가 나타나며 북위 35도인 우리나라는 겨울철에 햇빛에 노출되어도 비타민D 합성이 어렵고 외출할 때도 자외선차단제를 사용하기 때문에 늘 비타민D 부족을 겪고 있다는 기사가 연일 쏟아졌다. 그리고 비타민D가 부족하면 골다공증, 유방암, 대장암 발생이 증가한다고 경고했다. 이런 기사와 방송을 한 번쯤 본 사람들은 약국에 들렀을 때 자신도 모르게 비타민제를 집어 든다.

그렇다면 이런 내용은 사실일까. 하버드대학의 공공보건대학원 연구진이 만 65세 노인 6,000명을 둘로 나누어 종합비타민과 가짜 약제를 12년간 섭취하게 한 다음 기억력 테스트를 한 결과 대조군에서 별다른 차이가 발견되지 않았다는 연구결과를 내과학회보에 발표했다.

존스홉킨스대 연구진도 종합비타민과 가짜 약제를 각각 5년간 먹은 실험군을 비교했지만 두 집단의 심장마비, 흉통, 뇌졸중 확률, 사망률 등을 측정한 결과 대조군과 차이가 없다고 했다. 그러면서 두 학교 연구진들은 비타민을 먹는 것보다 과일, 채소, 견과류를 먹고 꾸준히 운동하는 것이 더 효과적이라는 말을 덧붙였다.

인디애나 의과대학 소아과 교수인 애론 캐롤은 지난 2015년 8월 28일 〈뉴욕타임스〉에 기고한 칼럼에서 건강에 관한 잘못된 상식 중에서 하루에 물 8잔을 마셔야 한다는 말은 과학적으로 근거가 없으며 언론에서 물을 많이 마시지 않으면 탈수 증세가 나타나서 건강을 악화한다는 주장은 심각한 왜곡이라고 말했다. 그는 사람이 하루에 마셔야 할 정해진 물 권장량은 없으며 어떤 음식을 먹는지, 어디에 사는지, 체격과 생활 습관에 따라 필요한 물의 양이 다르다고 했다. 그리고 마실 거리가 이렇게 다양한 시대에 살고 있으면서 만성적인 탈수 증상에 시달리는 말은 거짓이라고 했다.

그는 사람들이 물을 충분히 마셔야 한다는 생각에 집착하는 연원이 1945년 미 식품영양위원회에서 하루 2.5L 정도의 물을 권장한다고 발표했기 때문이라고 했다. 이 대목만 보면 사람은 틈만 나면 물을 마셔야 할 것 같지만 이 문장 뒤에는 우리가 섭취하는 음식에 있는 수분만으로 필요한 물의 대부분을 충당할 수 있다는 내용이 적혀 있다고 했다.

애론 캐롤의 주장을 정리하면 사람의 몸은 탈수 증상이 나타나기 전에 수분을 보충하라는 신호를 보내고 일상생활에서 먹고 마시는 과일, 채소, 주스, 맥주, 심지어 차와 커피를 통해 충분히 수분을 섭취할 수 있기에 굳이 무거운 물통을 들고 다닐 필요가 없다는 것이다.

우리는 왜 지금까지 이런 정보를 '절대적 진실'이라고 믿어온 걸까. 그것은 특정 세력들이 이런 지식과 정보를 교묘하게 자신들의 입맛에 맞게 가공하여 확산시켰기 때문이다. 왜곡된 정보가 꼬리에 꼬리를 물고 퍼져나가 정설로 굳어진 것이다. 그렇다면 이 특정 세력은 누구일까. 그들은 무엇 때문에 식품영양위원회의 권고 내용을 반으로 뚝 잘라서 왜곡된 정보를 퍼뜨린 걸까. 정답은 아주 간단하다. 사람들이 물과 비타민제를 많이 소비할수록 이익을 보는 집단을 떠올리면 된다. 만약 그들에게 이런 문제를 제기하면 이렇게 대답할 것이다. 물을 많이 마시고 비타민을 사 먹는 것은 소비자들의 선택일 뿐이다. 이렇게 왜곡된 지식과 정보를 가지고 이익을 취한 집단은 다른 분야에도 있다. 문제는 한 번 사람들의 뇌리에 박히면 고정관념이 된다는 것이다. 즉 거짓 지식과 정보가 진실을 밀어내고 안방을 차지한 셈이다.

인터넷이 세상에 등장했을 때 사람들이 열광한 이유는 즉시성과 정확성이었다. 이런 이유로 궁금한 것을 질문하면 전문가들이 곧바로 대답해주는 지식인 검색은 광풍을 일으켰다. 사상 유례가 없는 지식과 정보의 공유였기 때문이다.

인터넷 초기 사람들은 인터넷 쇼핑몰에 올라오는 상품 후기를 전적으로 믿었다. 자신과 같은 입장의 소비자들이 제품을 사용해보고 쓴 평가였기 때문이다. 제품의 장단점을 소상하게 알리는 블로거의 글도 대중들의 호응이 높았다. 따라서 이때만 해도 사람들은 블로거와 상품평을 신뢰하고 제품 구매를 결정했다. 지금이야 언론사마다 정치적 논조가 다르다는 것을 알지만 당시는 그렇지 못했다. 신문방송이 만들어 낸 기사와 뉴스가 성경 구절처럼 받아들이던 시절 일방통행식의 지식과 정보 전달 방식을 벗어나고 싶은 대중들의 심리가 반영되었다고 할 수 있다. 즉 이 제품이 좋으나 반드시 사야 한다고 강요하는 정보보다는 같은 소비자가 제품의 장단점을 솔직하게 쓴 상품평을 더 신뢰한 것이다.

그러나 지식과 정보를 공평하게 나누어 가지는 시기는 오래가지 못했다. 세상은 언제나 그렇듯 좋은 점이 있으면 나쁜 점이 반드시 따라오기 마련이다. 그런 사람들을 규제하기 위해 법은 끝없이 만들어지고 개정된다. 초기 인터넷이 만들어 낸 공정성과 신뢰를 이용하여 이익을 취하려는 세력이 등장한 것이다.

초창기 블로거들의 활동은 순수했다. 그들은 자신이 좋아하는 여행지에서 발견한 맛집을 다녀온 솔직한 느낌을 블로그에 올렸다. 사람들이 자신의 글과 사진에 공감해주길 원했을 뿐 아무것도 바라지 않았다. 그러나 이런 순수성은 구독자가 늘어나고 광고가 붙으면서 점차 상업성에 물들어갔다. 블로거들의 영향력을 파악한 기업에서 손을 뻗친 것이다.

요즘 여기저기서 물의를 빚고 있는 맘 카페도 마찬가지다. 처음에는 순수하게 결혼과 출산, 육아에 관한 정보를 나누는 커뮤니티로 시작한 카페는 회원 수가 기하급수적으로 늘어나면서 불협화음이 발생했다. 광고와 제휴업체 선정을 통한 수익이 생긴 것이 원인이다. 무려 270만 명의 회원을 거느린 카페가 만들어진 것은 지역 공동체 커뮤니티 오프라인 공간이 전무한 한국 사회가 만들어 낸 기현상이다.

어쨌든 이런 순수성이 훼손되고 정보의 왜곡 현상이 거듭되자 인터넷에 열광하던 사람들은 점차 그 신뢰성을 의심하기 시작했다. 그리고 이젠 같은 제품을 판매하는 사이트를 몇 개 띄워 놓고 상품평을 꼼꼼하게 들여다보고 난 뒤에도 구매를 결정하지 못하는 상황에 이르렀다. 상품평이 진짜인지 아니면 홍보대행사에서 올린 가짜 후기인지 구분할 수 없기 때문이다.

우리가 인터넷 검색을 통해 찾아낸 음식점도 마찬가지다. 식당을 평가한 후기들이 실제 손님들이 작성한 것인지 아니면 허위 정보인지 확인할 수 없다. 때론 정말 저렴한 가격에 맛있는 음식을 파는 식당이지만 경쟁 업소에서 올린 악의적인 평가 글을 읽고 망설이게 되는 것이다.

올해 5월 제주 세화리에서 우연히 만난 한 카페 주인에게서 경쟁 업소에서 올린 악성 평가 글 때문에 손님이 끊어져 문을 닫아야 할 지경에 몰렸다는 고충을 직접 들은 적이 있다. 이런 상황이 심화되자 인터넷에 지식과 정보를 제공하던 사람들이 발을 빼기 시작했다. 자신들의 순수한 의도가 훼손되는 것을 마냥 지켜볼 수 없던 것이다.

이들이 발을 빼자 인터넷은 쓸모없는 지식과 왜곡된 정보가 난무하는 악순환이 시작되었다. 인터넷에서 내가 원하는 지식과 정보를 찾기가 어려워진 것이다. 익명성 뒤에 숨어서 책임지지 않는 지식과 정보를 무분별하게 쏟아 낸 결과가 초창기 인터넷에 열광하던 사람들의 등을 돌리게 만든 것이다. 이때부터 우린 인터넷에 올라온 지식과 정보를 대할 때마다 진실과 거짓을 구분해야 하는 상황에 직면했다.

최근 수년 사이에 주목받고 있는 미디어는 MP3 디지털 포맷으로 인터넷을 통해 배포되는 라디오 방송 형식의 프로그램인 팟캐스트와 동영상을 기반으로 한 유튜브다. 2005년 4월 23일, 샌디에이고 동물원에서 코끼리를 촬영한 18초짜리 영상물을 올리면서 시작한 유튜브는 그해 연말이 되자 하루에 200만 개 이상의 동영상이 올라왔고 이듬해 초 2,500만 개, 중반을 넘어서자 하루 1억 개 이상의 동영상이 업로드되었다. 유튜브를 만든 창업자들도 예상하지 못한 폭발적인 인기였다.

올해 한국언론진흥재단의 발표에 의하면 20세 이상 성인 남녀 중 77.8%가 유튜브 사용자인 것으로 확인됐다. 초창기 젊은 세대를 중심으로 대중화한 인터넷과 다르게 유튜브는 나이 구분 없이 많은 사람의 관심을 받고 있다. 유튜브가 이렇게 관심을 받는 것은 문자가 아닌 접근성이 좋은 영상으로 되어 있고 그 어떤 조건과 제재 없이 누구나 쉽게 동영상을 만들어 올릴 수 있기 때문이다.

유튜버가 다룰 수 있는 영역은 무궁무진하다. 게임, 미용, 요리, 유아교육, 영화, 역사, 언어, 여행, 취미를 포함한 일상의 모든 영역

순수성이 훼손되고 정보의 왜곡 현상이 거듭되자

인터넷에 열광하던 사람들은

점차 그 신뢰성을 의심하기 시작했다.

우린 인터넷에 올라온

지식과 정보를 대할 때마다

진실과 거짓을 구분해야 하는

상황에 직면했다.

이 소재가 된다. 그리고 정해진 형식과 규칙이 없기에 누구나 마음만 먹으면 간단한 장비 몇 개만으로 1인 방송을 할 수 있다. 콘텐츠 생산자와 소비자가 수평적이고 개방적인 1인 미디어의 출현은 기존의 미디어 환경을 완전히 바꾸어 놓았다. 기성 미디어에 대한 불만은 생산자 위주의 철저한 일방통행이었다. 인터넷이 대중화되면서 지식과 정보가 평준화되었지만, 언론의 영향력이 요지부동인 것은 그들이 지식과 정보를 공급하는 최상위 계급이기 때문이다. 물론 개인들도 블로그나 댓글을 통해 자기 생각을 드러냈으나 파급력은 높지 않았다. 따라서 대중은 그들이 자신들의 이익에 부합한 일방적인 정보를 받아들일 수밖에 없었다.

그런데 1인 미디어가 언론의 독과점 체제를 깨 버렸다. 1인 미디어는 앞서 말했듯 그 어떤 형식이나 규칙이 없다. 따라서 기성 언론이 짧게 다룬 기사를 놓고 그 분야에 해박한 지식과 정보를 가진 사람들이 출연하여 서너 시간에 걸쳐 상세하게 분석한다. 그 시간도 부족하다고 판단되면 한 달 동안 계속 다룬다. 이것은 기존의 언론에서는 절대 나올 수 없는 방식이다.

1인 미디어가 주는 파급력은 크다. 우선 사회적으로 중요한 논쟁이 되는 사건과 현상에 관해 올바른 판단을 내릴 수 있다는 점이다. 이는 기성 언론이 자신들의 논조에 맞게 가공한 정보로 현상을 판단하지 않게 된 것이다. 그리고 무엇보다 중요한 것은 이 콘텐츠를 언제 어디서든 무한 반복하여 볼 수 있다는 점도 있다.

궁극적으로 1인 미디어의 출현은 대중들을 다양한 사회 문제를 심층적으로 정확하게 판단할 수 있게 만들었다. 이는 지금까지 세상 모든 지식과 정보를 독점한 기성 언론이 장기적으로 큰 변화를 겪을 수밖에 없음을 알려준다. 그러나 빛이 있는 곳에 그늘이 있듯 1인 미디어가 장점만 있는 것은 아니다.

지난 2017년 4월 유튜브에 올라온 동영상이 전 세계를 발칵 뒤집어 놓았다. 전 미국 대통령 버락 오바마가 단호한 표정으로 "우선 결론만 말하면 트럼프 대통령은 진짜 머저리 같은 인간입니다"라고 말한 것이다. 이 영상이 공개되자 미 정가는 그야말로 벌집을 쑤셔 놓은 듯 난리가 났다.

이와 비슷한 사건이 또 있다. 독일의 메르켈 총리가 히틀러를 연상시키는 말투로 "우리 유럽인들은 우리 손으로 운명을 결정해야 합니다. 미국과 우호 관계 속에 가능하면 러시아나 다른 좋은 이웃들과 말입니다"라고 말했다. 이 영상을 본 사람들은 경악했다. 메르켈이 이중적인 태도와 히틀러 같은 독재자의 면모를 보였기 때문이다.

그러나 이 두 개의 영상은 딥페이크란 기술을 이용해서 만든 가짜였다. 얼굴 매핑 기술을 이용하여 특정한 영상에 또 하나의 영상을 합성한 것이다. 이 동영상을 보고 사람들이 놀란 것은 오바마와 메르켈의 모습이 실제인 것처럼 너무나 정교했기 때문이다. 이런 딥페이크 기술이 정치와 군사적으로 악용되면 걷잡을 수 없는 혼란을 불러올 수 있다는 우려가 나타난 것은 당연했다. 극단적으로 종교, 인종, 빈부 같은 사회적으로 민감한 문제에 도화선이 될 수 있기 때문이다.

문자 정보와 영상 정보는 근본적으로 다르다. 문자는 기본적으로 사고력을 요구한다. 문자를 읽는 동안 사건의 인과과정을 통해 사실관계를 추론할 수 있기 때문이다. 그러나 영상은 그렇지 않다. 보고 듣는 시청각적인 효과로 인해 사고력을 둔감하게 만든다.

특히 지적 능력이 떨어지거나 판단력이 부족한 사람들은 사건의 개연성이나 합리성을 따지지 않고 영상 자체를 그대로 받아들인다. 이는 자기가 보고 싶은 것만 찾아보는, 확증 편향으로 이어져 현실감을 상실한다. 즉 깊이 생각하지 않고 쉽게 상황을 판단한다는 것이다.

작년에 일어난 240번 버스 기사와 태권도 관장 사건을 통해 이를 확인할 수 있다. 당시 버스 기사는 승객들을 정류장에 하차시킨 후 출발했다. 그런데 버스 안에 타고 있던 아이 엄마가 뒤늦게 아이가 내린 걸 알고 하차 요청을 했다. 하지만 이미 버스는 3차로로 진입을 한 상황이었고 버스 기사는 안전 문제로 하차 요구를 거절했다. 이런 상황을 정확하게 알지 못한 네티즌들은 버스 기사를 향해 무차별로 비난을 퍼부었다.

태권도 관장이 아이들을 태우고 난폭운전을 한다는 글을 올려 문제가 된 사건도 이와 비슷하다.

이 두 사건이 발생했을 때 영상을 접한 사람들은 인과과정을 생각하지 않고 즉흥적으로 옳고 그름을 판단했다. 그러고는 그 대상을 향해 입에 담지 못할 비난을 퍼부었다. 그러나 불과 몇 시간 뒤에 CCTV나 목격자의 정확한 진술을 통해 경위가 밝혀지면 이번에는 최초 유포자를 향해 욕설이 난무한다.

지난해 김포의 한 어린이집 보육교사가 자살한 사건도 즉흥적으로 옳고 그름을 판단했기 때문에 일어난 사건이다. 맘 카페에 보육교사가 원생을 밀쳤다는 내용의 글이 올라오는 순간 즉시 해당 보육교사의 신상정보가 알려지고 이 글을 읽은 사람들이 항의 전화를 하고 심지어 보육교사를 찾아가서 폭언을 퍼붓는 일이 순식간에 발생했다. 사실이 아니라고 해명하던 보육교사는 결국 압박을 견디지 못하고 홀로 계신 어머니와 결혼을 앞둔 남자친구에게 미안하다는 유서를 남기고 스스로 목숨을 끊었다. 그리고 전후 사정이 공개되자 카페에 대한 비난 여론이 들끓었다.

특히 정치 관련 가짜 뉴스의 폐해는 더 심각하다. 악의적으로 만들어 낸 뉴스를 본 순간 단순한 이분법으로 옳고 그름을 결정하기 때문이다. 나중에 사실관계가 밝혀져도 아무 소용이 없다. 누가 배

문자정보와 영상정보는 근본적으로 다르다.
문자는 기본적으로 사고력을 요구한다.

문자를 읽는 동안 사건의 인과과정을 통해
사실관계를 추론할 수 있기 때문이다.
그러나 영상은 그렇지 않다.
보고 듣는 시청각적인 효과로 인해
오히려 사고력을 둔감하게 만든다.

포했는지 찾아낼 방법이 없어 처벌할 수가 없기 때문이다. 그리고 사건의 당사자는 이미 돌이킬 수 없는 치명상을 입은 뒤다.

더구나 노년층으로 퍼져나가는 가짜 뉴스의 범람은 더 위험하다. 젊은 세대보다 인적 네트워크가 약한 노년층에게 보고 싶은 것만을 보는, 확증 편향으로 이어지기 때문이다. 텍스트가 문자가 아니라 영상인 탓에 더 믿고 신뢰하기 때문에 일어나는 현상이다. 사실 조금만 생각하고 상식적인 잣대를 대면 이내 진실을 알 수 있지만, 사람들은 그렇게 하지 않는다. 그저 즉흥적으로 분노하고 박수를 보낼 뿐이다. 그러는 동안 가짜 뉴스는 날개를 달고 무차별로 확산되어 대중들의 눈과 귀를 가려 올바른 판단을 할 수 없게 만든다.

이런 사례들을 통해 우린 인터넷이 항상 옳은 것이 아니란 사실을 알게 되었다. 문제는 너무 많이 진행되어 이런 악질적인 폐해를 근절하기가 어렵다는 점이다. 시간을 되돌릴 수 없기 때문이다. 우린 이제 휴대전화를 잃어버리면 부모 형제를 비롯한 친구들의 전화번호를 기억하지 못하고 내비게이션 없이는 누군가의 집을 찾아갈 수 없다. 인터넷이 만들어준 편리함에 익숙해지고 길들어져 기억하고 찾아내는 능력을 잃어버린 것이다. 인터넷이 끊어지면 물 밖으로 나온 물고기처럼 숨을 헐떡거리며 발버둥치는 가련한 신세가 되어 버린 것이다.

우리는 지금 페이스북 사용자들이 1분에 평균 3,125만 개의 메시지를 보내며 277만 개의 동영상을 시청하고 유튜브 사용자들이 1분마다 평균 300시간의 유튜브 동영상을 업로드하는 정보의 홍수 속에서 살아가고 있다.

인터넷이 지식과 정보의 평준화를 만들었을 때 사람들은 열광했다. 10,000년 동안 우리를 옭아맨 사슬을 풀어줬기 때문이다. 그러나 임계점을 넘어간 지식과 정보는 무용지물이 되고 말았다. 지식과 정보가 넘쳐나지만, 옥석을 구분할 능력이 없기 때문이다. 무엇이 진짜이고 무엇이 가짜인지 알 수 없기 때문이다. 지식과 정보가 넘쳐나지만 내 것으로 만들 수 없는 상황이 되어 버린 것이다.

우릴 미지의 세계로 데려와서 형형색색의 꽃들이 피어난 들판과 맑은 물이 흘러내리는 강을 보여주던 인터넷이 갑자기 돌변하여 이제부터 알아서 길을 찾아가라고 한다. 스스로 진실과 거짓을 구분하라고 강요한다. 그런데 정신을 차리고 돌아보니 꽃들이 만개한 들판은 간데없고 뜨거운 햇살이 내리쬐는 광대한 사막의 한가운데다. 뜨거운 열풍이 휘몰아치는 사막을 빠져나가는 방법은 한 가지밖에 없다.

옳고 그름, 진실과 거짓을 정확하게 구분하는 것만이 이 사막을 벗어날 수 있는 유일한 정답이다. 그러나 인터넷이 준 달콤한 과실에 취한 우리는 진실과 거짓을 판별할 능력을 상실한 지 오래다. 우린 숨이 턱턱 막히는 모래 위에서 서로를 돌아보며 그런 능력이

옳고 그름, 진실과 거짓을 구분하는 것만이
이 사막을 벗어날 수 있는 유일한 정답이다.

그러나 인터넷이 준 달콤한 과실에 취한 우리는
진실과 거짓을 판별할 능력을 상실한 지 오래다.
우린 숨이 턱턱 막히는 모래 위에서 서로를 돌아보며 물어본다.
그러나 아무도 대답하지 못한다.
어떻게 해야 끝이 보이지 않는 사막을 벗어날 수 있는 걸까.

남아 있는지 물어본다. 그러나 모두 고개를 저을 뿐 아무도 대답하지 못한다. 그렇다면 우린 어떻게 해야 끝이 보이지 않는 사막을 벗어날 수 있는 걸까.

2부 ⁄

철학적 사고의 필요성

— 생각하는 사람은 어디에서도
위너winner가 될 수 있다

●

누군가가 알려준 대로 똑같이 따라 하는 앵무새는 더 이상 필요 없다.

시대가 요구하는 인간상은 철저하게 '자기 논리'를 가진 사람이다.

즉 세상을 바라보는 자기만의 철학을 갖춘 사람만이 살아남을 수 있다.

만약 당신이 어떤 질문에도 '자기 논리'로 자신 있게 대답할 수 있다면

세파에 흔들리지 않을 수 있다.

“당신의 생각은 무엇입니까?
왜 그렇게 생각합니까?”

자기 논리로 당당하게 대답하는 사람이 세상을 이끌어간다

●　　　　　　　　　　　오늘 우리가 살아가는 세상은 20년 전과 완벽하게 다른 세상이다. 이전에는 상상할 수 없는 일들이 지금은 일상이 되었다. 방 안에 앉아 밀린 일을 처리하고 은행 업무를 보고 필요한 물건은 대한민국에서 최저가로 판매하는 사이트를 통해 찾아내서 결제하면 하루가 지나기도 전에 집 앞으로 배달되고 수백 장의 사진과 묵직한 자료를 클릭 한 번으로 지구 반대편으로 보내고 파리에서 유행하는 패션은 며칠이 지나기도 전에 서울 거리 옷가게 매장에 번듯하게 걸리고 유럽과 남미에 사는 친구들이 주말 누구와 어떤 음식을 먹고 어디서 무얼 하고 놀았는지 실시간으로 알 수 있는 세상에 살고 있다. 이 모든 것을 가능하게 만든 것이 인터넷이다. 그리고 인터넷은 이 순간에도 우리 사회에 산재한 비합리적인 부분을 개선하며 끝없이 발전해가고 있다.

그런데 어떻게 된 걸까. 이 새로운 신세계에서 살아가는 사람들은 평균치의 행복을 누리지 못한다고 아우성친다. 20년 전과 비교할 수 없을 정도로 편해진 세상에 사는데 행복지수가 하락하는 이유는 뭘까. 개인 간의 갈등과 경쟁이 심화되고 전에 없던 사회적 문제가 발생하는 것은 무엇 때문인가. 삶의 질이 저하된 것이 개인의 역량 문제인가. 아니면 인터넷이 만들어 낸 새로운 시스템의 문제인가.

얼마 전 평소 친하게 지내는 지인들과 만났다. 저녁 식사를 하며 서로의 근황에 관한 대화를 나누던 우리는 식당을 나와 근처 생맥주 가게로 자리를 옮겼다. 분위기가 무르익자 자연스럽게 화제가 전환되었다.

누군가 전직 대통령 이야기를 꺼내자 좌중은 순식간에 격론이 벌어졌다. 그러나 대화는 전직 대통령이 관여한 사건 발생 시기를 놓고 갑론을박을 벌일 뿐 더는 나아가지 못했다. 그런 사람들의 모습을 지켜보면서 문득 대한민국 술자리가 우리와 비슷할지 모른다는 생각이 들었다.

그날 사실관계 확인은 불필요한 언쟁이었다. 휴대전화를 꺼내 검색하면 금방 확인할 수 있었기 때문이다. 그런데도 아무도 그렇게 하지 않고 입씨름만 벌인 것은 무엇 때문일까. 그날 자리한 사람들이 세상사에 어두워서일까. 그들은 모두 자기 분야에서 입지가 확고한 사람들이었다. 따라서 화제가 된 사건은 물론이고 당대 현안에 대해서도 충분한 식견을 갖춘 사람들이었다. 그런데도 사실 확인에 몰두한 것은 무엇 때문일까. 우린 왜 이런 방식의 대화를 할 수밖에 없는 걸까.

그날 술값을 치르는 사람과 나이 많은 사람이 대화를 독식하는 방식에 길들어져 있어서다. 어쩌면 누군가의 주장에 반박하는 것이 상대를 불편하게 만든다는 우려 때문이다. 거기다 좋은 사람으로 인식되고 싶은 심리가 작동한 것이다. 주도자의 의견에 피동적으로 동조한 다음 자기 의견을 살짝 드러내거나 의미 없는 웃음과 침묵으로 일관하는 것은 이런 이유 때문이다.

자기 의견을 드러내는 쪽도 마찬가지다. 누군가 내 의견에 반박하면 모욕당하고 거부당했다고 생각한다. 모임을 주도한 사람의 의견을 반박한 사람들이 은밀하게 소외되고 배척당하는 모습을 지켜보면 더 위축될 수밖에 없다.

만약 주도자가 합리적인 판단을 한다면 문제가 되진 않지만, 만약 그렇지 못한다면 사람들은 이런저런 핑계를 대고 모임에 나가지 않는 것이 우리 현실이다. 우리가 이런 대화에 익숙해진 것은 누구의 잘못이 아니다. 가부장적이며 권위주의 사회에서 성장하고 살아가고 있어서다. 학연과 지연을 중시하고 서열을 따지는 사회에서는 부당하고 부조리한 일에 눈을 감아야만 살아남을 수 있기 때문이다.

또 하나는 토론에 익숙하지 않기 때문이다. 한 가지 쟁점을 놓고 내 생각을 말하고 상대의 의견을 반박해 본 경험이 없기 때문이다. 더 정확하게 말하면 자기 생각을 드러내는 것을 기피하기 때문이다. 내 의견이 사람들에게 비난받는 것을 두려워하고 내 논리가 여러 사람을 불편하게 만들 수 있다는 우려 때문이다.

이런 이유로 남녀노소를 불문하고 사람들이 모이면 가벼운 신변잡기와 성적인 농담과 누군가의 뒷담화가 주를 이루는 것이다.

그렇다면 우린 앞으로 계속 이런 삶을 살아가야 하는 걸까. 자기 생각을 당당하게 말할 순 없는 걸까. 자신이 바라보는 세상을 논리적으로 설명하여 타자를 설득할 순 없는 걸까.

지난 6월 18일 오후, 프랑스 전역에서 수능시험을 치른 학생들과 학부모들이 거리로 쏟아져 나왔다. 그들은 카페에 자리를 잡고 이날 치른 바칼로레아 철학 시험 문제를 놓고 열띤 토론을 벌였다.

2018년 문학계열의 철학 시험은 '우린 진실을 포기할 수 있는가'였고 경제사회계열은 '모든 진리는 결정적인가'였다. 그리고 과학계열은 '욕망은 우리의 불완전함에 대한 표시인가'라는 문제가 출제되었다.

올해 바칼로레아에 응시한 75만 명의 고등학생들은 이렇게 계열별로 주어진 철학 시험을 치른 후 부모들과 출제 문제를 놓고 치열하게 논쟁을 벌인다. 이런 열띤 관심은 학부모만이 아니다.

정치인들은 TV에 출연해서 출제 문제에 자신이 작성한 답안을 발표하고 학자와 시민들은 거리와 공원에서 토론을 벌인다. 그들이 논제를 놓고 토론하는 방식은 그 어떤 제약이 없다. 나이의 많고 적음, 경험과 비경험, 사회적 지위의 높고 낮음에 상관없이 자유롭게 자기 생각을 말한다.

프랑스인들의 이런 모습은 우리 시선으론 선뜻 받아들일 수 없는 광경이라고 할 수 있다. 그렇다면 이들이 남녀노소를 구분하지 않고 적극적으로 토론하는 힘은 어디서 나오는 걸까.

프랑스는 우리와 다른 독특한 교육방식이 있다. 학생들은 국어 시간에 문학작품을 읽고 그 작품을 원작으로 한 연극이나 공연을 관람하고 미술 시간에는 책을 읽고 난 뒤의 느낌을 그림으로 그리며 지리 시간에는 역사적 배경이 되는 도시를 찾아가서 역사적 배경을 공부하고 시민윤리 시간에는 집단 따돌림 문제를 놓고 피해자, 가해자, 중재자를 각각 맡아 역할극을 한다. 학생들은 이런 수업 과정에서 세상을 바라보는 가치관을 형성하고 자신만의 논리와 사고력을 기른다. 위에 열거한 고난도의 철학 문제를 서술하고 토론하는 힘은 독서문화도 중요한 역할을 한다.

프랑스 여론조사기관IFOP이 2012년 6월에 설문 조사한 결과를 보면 프랑스인들은 1년에 평균 14권의 책을 읽고 있다. 그중 4권은 여름휴가 동안 읽는다고 한다. 청년층은 평균 10권 정도를 읽는데 여름휴가에 5권을 읽는 최다 독서가다. 성별로는 여자가 남자보다 약간 더 많으나 휴가 기간에는 비슷한 양을 읽고 나이가 많고 학력이 높을수록 규칙적으로 독서하는 것으로 드러났다.

1주일 정도인 우리와 달리 한 달인 휴가 기간을 고려해도 여름휴가를 떠나기 전 읽을 책을 준비하기 위해 책방을 들락거리는 그들의 모습은 이채롭다고 할 수 있다. 최소 행정구역마다 한두 개의 공공도서관이 있고 젊은 엄마와 나이 지긋한 노인들까지 책을 읽는 사람들이 가득한 도서관은 수험생들이 자리를 차지한 우리와 비교된다.

시민들이 책을 빌려 갈 때마다 저자에게 저작료를 지급하는 공공대출보상권은 프랑스인들의 문화 수준을 보여주는 증표라고 할 수 있다. 1년에 새로 출간되는 장편소설이 3,000~4,000권에 달하고 그중 700권 정도가 10만 부 이상 발행되는 것은 이런 다양한 독서층이 있기에 가능하다.

900년 역사를 자랑하는 영국의 옥스퍼드와 케임브리지에 입학하기 위해선 12월에 있는 면접시험을 통과해야 한다. 아무리 뛰어난 성적을 기록해도 이 면접시험에서 탈락하면 학교에 입학할 수 없다. 예비 신입생들은 2박 3일 동안 학교 기숙사에 머물면서 교수가 낸 문제에 답을 하고 토론한다. 일종의 압박 면접이다. 교수들이 쉴 새 없이 던지는 질문은 상식을 벗어난 기상천외하고 때론 수수께끼를 푸는 듯 난해하다. 학생들이 간신히 대답하면 곧바로 교수가 반론을 제기한다.

몇 년 전 케임브리지 면접시험에 나온 문제가 사회적으로 화제가 된 적이 있다. '당신이 만약 까치라면 어떨 것 같은가?'라는 문제에 반문하지 못하는 학생은 교수를 만족시킬 수 없다. 이 질문에는 사지선다형처럼 정해진 답이 없다. 교수의 끝없는 반론과 문제 제기에 자기 논리로 대응할 수 있는 학생만이 입학증서를 받을 수 있는 것은 그 때문이다.

하버드의 토론 수업과 글쓰기도 유명하다. 하버드에선 강의식 수업을 찾아보기 힘들다. 대부분의 수업은 교수가 질문을 던지면 학생들이 번갈아 자기 생각을 말하는 토론 수업이다. 이론보다는 현실에서 일어나는 구체적인 문제를 놓고 벌이는 토론 수업이다.

글쓰기 수업은 더 혹독하다. 신입생 전원이 입문 과정인 '논증적 글쓰기 10'과 고급과정인 '논증적 글쓰기 20' 중 하나를 이수해야 한다. 한 반에 15명인 수업은 역시 토론 중심의 세미나 방식이다. 학생들은 이 수업을 통해 교수들에게서 분야별 전문지식과 논리력과 표현력을 배운다. 학생들은 교수들의 지도를 받아 학기당 3편의 긴 에세이를 완성해야 한다.

학자와 시인, 소설가, 에세이 작가, 역사가 등 영역별 전문가로 구성된 교수들은 문과 학생에게는 독창적인 논지 전개, 이공계 학생에게는 실험 결과의 정확성 등 논증을 중시하는 글을 쓰게 한다. 그들은 글을 잘 쓰기 위해선 사회학, 경제학, 철학, 역사, 문학 등 여러 분야의 책을 깊이 읽고 한 가지 주제를 놓고 다양한 각도에서 에세이를 써야 한다고 충고한다.

학생들이 4년 동안 엄청난 양의 글을 써내야 하는 것은 하버드뿐만이 아니라 이공계의 명문인 매사추세츠공대MIT도 마찬가지다. 학교에서 이렇게 글쓰기 교육을 철저하게 시행하는 것은 글쓰기 실력이 부족하면 뛰어난 연구 성과를 내고도 그 의미를 제대로 전달할 수 없기 때문이다.

그렇다면 세계 유수의 대학들이 압박 면접을 통해 신입생을 선발하고 토론 수업과 글쓰기를 중요하게 여기는 것은 무엇 때문일까. 바칼로레아 철학 시험에 프랑스 전 국민이 막대한 관심을 보이는 이유는 무엇 때문일까. 그것은 궁극적으로 이 질문에 자기 논리로 대답할 수 있는 학생을 선발하고 길러내기 위해서다.

"당신의 생각은 무엇입니까? 왜 그렇게 생각합니까?"

인간은 그 어떤 동물도 따라올 수 없는 에고이스트다. 세상이 자신을 중심으로 돌아간다고 생각하기 때문이다. 타인의 불행에 둔감하나 자신의 작은 불편에 민감하게 반응하는 것은 이런 이유 때문이다. 그러나 세상의 중심은 개인이 아니다. 따라서 개인의 생각과 행동은 언제나 불안하고 위태롭게 흔들린다. 만약 우리가 완벽하다면 어떤 일을 해도 실패하지 않을 것이다.

그러나 현실의 우리는 언제나 좌절과 실패의 연속이다. 신중하게 선택한 결과는 늘 기대를 벗어나고 고심 끝에 내린 결론은 내 예상과 거리가 멀다. 그런데도 우린 죽는 순간까지 이를 인정하지 않는다. 이런 자아중심적 모순에서 벗어나는 방법이 토론이다. 토론은 나와 타자의 생각을 비교하는 행위다. 인간은 자신의 모습을 볼 수 없다. 오로지 타자라는 거울을 통해서만 자신의 모습을 온전하게 확인할 수 있다. 따라서 토론은 세상을 바라보는 다양한 시선을 통해 자신을 객관적으로 파악하고 세상이란 망망대해에서 자신의 위치를 확인하는 일이라고 할 수 있다.

그렇다면 철학이란 무엇인가. 세상의 중심축이다. 인간은 표면적으론 사회적 질서와 규범에 순응하고 있지만, 그 내부에는 에고와 욕망이 들끓고 있다. 이런 수많은 인간의 다양한 생각이 어우러진 것이 바로 세상이다. 철학이 이런 세상의 중심축 역할을 하는 것이다.

만약 철학이 존재하지 않는다면 우리가 사는 세상은 한낱 짐승들이 날뛰는 광야에 불과하다. 신과 종교, 도덕과 윤리, 가치관과 세계관이 있을 수 없다. 사물의 본질과 현상의 가치도 무의미해진다. 따라서 철학은 세상의 중심축인 동시에 세상이란 바다에서 방향을 잡아주는 나침판이다. 따라서 "당신의 생각은 무엇입니까? 왜 그렇게 생각합니까?" 하는 질문에 대답하는 것은 자신이 누구인지, 어디에 있는지, 어디를 향해 나아가는지를 명확하게 말하는 것과 같다. 이는 옳고 그름과 진실과 거짓을 판별하는 능력이며 시행착오를 줄이고 올바른 결정을 내릴 수 있는 판단력이라고도 할 수 있다. 이것이 바칼로레아의 철학 시험과 세계 유수의 대학들이 토론과 글쓰기 교육을 중요하게 생각하는 이유다.

우리나라의 수능은 정해진 답을 잘 맞히는 학생을 선발하기 위한 시험이다. 따라서 학생들은 그 하나밖에 없는 정답을 찾는 데 골몰한다. 새벽 일찍 등교해서 자율 학습과 정규 수업이 끝나면 학원으로 달려가서 밤늦게까지 시험 문제 풀이를 하다 새벽이 되어서야 집으로 돌아온다. 한 문제라도 틀리면 원하는 대학을 갈 수 없기에 학생들은 숙련된 기계처럼 문제집을 풀고 외운다. 대학에서도 한 문제라도 더 맞힌 학생을 선발한다. 즉 우리 수능은 창의적 방법과 비판적 사고에 상관없이 오로지 기술적인 능력만을 요구한다.

사지선다형 시험을 통해 대학 입학이 결정되기 때문일까. 근래 들어 전국 고등학교에서 시험 문제가 유출되었다는 뉴스가 연일 쏟아지고 있다. 광주의 한 고등학교에선 학부모와 행정실장이 공모하여 고3 기말고사 전 과목 시험지가 유출되었고 부산의 한 명문고에선 3학년 학생 두 명이 방과 후 교사 연구실에 몰래 들어가서 캐비닛에 들어 있던 시험지를 휴대전화로 촬영하다 발각됐고 서울의 한 여고에서 시험 문제를 유출했다는 의혹을 받고 있던 교무부장이 구속되었다.

만약 우리나라 수능이 프랑스의 바칼로레아처럼 모든 문제를 주관식으로 풀어야 한다면 이 어처구니없는 일이 발생했을까. 만약 그런 일이 있었다고 해도 아무 소용이 없다. '행복은 단지 스치고 지나가는 것인가'라는 문제는 정답이 없기 때문이다. 이 문제의 정답은 수천 수백만 개다. 이 논제를 바라보는 관점이 사람마다 전부 다르기 때문이다. 전국 여기저기에서의 시험 문제 유출 사건은 우리나라의 대입 제도가 만들어 낸 병폐이며 동시에 소위 말하는 일류 대학을 가려는 어긋난 욕망이 만들어 낸 것이다.

교육의 근본적인 목적은 무엇일까. 시험을 통해 못하는 학생을 탈락시키는 것이 아니라 더 많은 학생에게 교육의 기회를 주는 것이 아닐까.

오늘날은 박사들의 전성시대가 아니다. 무언가를 많이 아는 사람이 대접받던 시대는 지나갔다. 따라서 휴대전화를 열면 세상 모든 지식과 정보가 쏟아지는 세상에서 암기력이 뛰어난 학생을 선발한다는 것은 구시대적인 생각이다. 지식과 정보의 독점이 깨진 세상에서 단순 암기만으로 우열을 가린다는 것은 시대착오적인 발상이다. 인터넷이 만들어 낸 세상은 더 빠른 속도로 변해가고 있다. 하루가 다르게 변하는 세상에서 사지선다형의 정답을 찾아내는 일이 무슨 의미가 있을까.

알다시피 세상은 단 하나의 답으로 정의를 내릴 수 없다. 다양한 생각의 사람들이 모여 사는 것이 세상이기 때문이다. 사회가 고도화되고 더 발전할수록 사람들의 변화된 생각을 읽는 것이 중요하다. 그런데 암기를 통해 정답을 찾아내는 방식으로 이 수많은 현상에 능동적으로 대처할 수 있을까. 토론 문화가 전무한 현실에서는 자신의 생각조차 정확하게 알지 못한다. 술값을 치르는 사람의 비위 맞추기에 급급하고 나이 많은 사람의 심기를 건드리지 않기 위해 전전긍긍하며 좋은 사람으로 보이길 바라는 사람은 급변하는 세상을 감당할 수 없다. 새로운 세상에 적응하지 못하고 도태될 수밖에 없는 것이다.

지식과 정보가 평준화된 세상에서 절실하게 필요한 것은 사물을 바라보는 시선이다. 하나의 현상을 어떻게 생각하는지, 왜 그렇게 생각하는지를 자기 논리로 말할 수 있는 능력이 필요하다. 클릭 한 번이면 쏟아지는 지식과 정보를 앵무새처럼 전달하는 것은 아무 소용이 없다. 그것은 지식과 정보가 아니다. 지식과 정보는 독점할 때 권력이 생겨난다. 따라서 누구나 알 수 있는 지식과 정보는 가치가 없다.

인터넷이 만든 시대가 요구하는 지식과 정보는 철저하게 자기 논리다. 세상을 바라보는 자기만의 철학을 갖춘 사람들만이 이 새로운 시대에서 살아남을 수 있다.

인터넷에는 세상의 모든 지식과 정보가 들어 있다. 그러나 그 지식과 정보가 내 것이라고 말할 수는 없다. 내게 필요한 것을 정확하게 찾아냈을 때 지식과 정보가 되기 때문이다. 따라서 인터넷에

새로운 패러다임에

대처할 수 있는 것은 결국 사람이다.

그런 사람들만이

새로운 시대의 강자가 될 수 있다.

어떤 질문에도 자기 논리로

대답할 수 있는 인재는

아무리 급변하는 세상에도 흔들리지 않는다.

넘치는 지식과 정보를 진실과 거짓, 옳고 그름을 구분하는 판별력이 없다면 아무 소용이 없다. 인공지능 역시 마찬가지다. 우리가 원하는 지식과 정보를 무한 공급해주지만 결국 선택은 우리 인간의 몫이다. 그리고 당연하게도 그 선택의 결과에 따라 행복과 불행, 실패와 성공이 결정된다. 이는 지금보다 10,000배 뛰어난 인공지능이 개발되어도 마찬가지다. 인공지능이 우리의 불행을 막지 못하고 행복을 보장해줄 수 없다는 것이다.

인터넷이 대중화되기 전의 세상은 한두 차례 실수해도 만회할 기회가 주어졌다. 사회적 시스템이 느슨했기 때문이다. 그러나 지금은 다르다. 한 번 잘못된 선택이 평생을 좌우하는 시대다. 잘못된 판단을 내리고 실패하는 순간 다시 일어서기 힘들 정도로 치명상을 입는 것이다. 한 번의 실수가 돌이킬 수 없는 나락으로 빠져드는 것은 세상이 너무나 빠르게 변하고 있기 때문이다. 현상을 정확하게 판단하는 사고력 없이는 새로운 세상에 대처할 수 없다는 뜻이다.

프랑스가 바칼로레아의 철학 시험을 중요하게 생각하고 케임브리지와 옥스퍼드가 난해한 질문을 던지고 하버드와 MIT에서 토론 수업과 글쓰기 수업에 매달리는 것은 탄탄한 자기 논리로 갖춘 학생들을 길러내기 위해서다. 이 자기 논리가 옳고 그름과 거짓과 진실을 구분하는 판별력이며 시행착오를 줄이고 문제의 핵심에 곧바로 다가갈 수 있기 때문이다. 그들은 이런 인재들이 자신들의 미래를 이끌고 나간다고 믿고 있다. 단순히 10년 뒤를 생각하는 것이 아니라 앞으로 수백 년 국가를 운영할 훌륭한 재목을 길러내기 위해 "당신의 생각은 무엇입니까? 왜 그렇게 생각합니까?" 하는 질문을 수없이 던지는 것이다.

전쟁의 참화를 겪은 우리나라가 세계 경제 규모 10위를 달성한 것은 우리의 부단한 노력과 세계 경제 호황의 여파인 적절한 운이 따라줬기 때문에 가능했다. 그러나 앞으로가 문제다. 우린 지금 시간과 거리의 장벽이 사라진 하나의 세계에 살고 있다. 시대적 패러다임이 특정 국가에서만 통용되는 것이 아니라는 얘기다. 뉴욕에서 대형 사건이 발생하면 다음 날 눈뜨기 무섭게 서울의 주식시장이 무너지는 세상이다. 내부에서 오는 변화는 대처할 수 있다. 그러나 전 세계가 하나의 네트워크로 연결된 오늘날 외부에서 밀어닥치는 변화는 대처할 방법이 없다. 새로운 패러다임을 예측하고 대비하는 것 말고는 방법이 없다.

2016년 8월 160년 전통의 미국 메이시스 백화점 지점 100여 곳이 문을 닫았다. 맨해튼의 해럴드 광장 지점은 세계에서 가장 큰 백화점이란 전통적인 리테일 산업의 상징이었다. 그런 메이시스 백화점이 서서히 무너져가고 있다. 이는 아마존 같은 새로운 형태의 유통업이 대세가 되었다는 것을 의미한다.

이런 새로운 패러다임에 대처할 수 있는 것은 결국 사람이다. 그런 사람들만이 새로운 시대의 강자가 될 수 있다. 욕망으로 이루어낸 성취는 언제 무너질지 모르는 모래성과 같다.

그러나 어떤 질문에도 자기 논리로 대답할 수 있는 인재를 보유한 국가는 아무리 급변하는 세상에도 흔들리지 않는다. 그들 스스로 새로운 세상을 이끌어 나갈 수 있다고 믿고 있기 때문이다.

•

우리는 늘 선택의 갈림길에 선다. 아주 사소한 것에서부터

인생의 큰 부분까지 모두 스스로 선택하고 결정해야 한다.

그렇기 때문에 자신이 한 선택이 실패하게 될까 봐 두려워한다.

하지만 이제 더 이상 전전긍긍하지 않아도 된다.

우리에게는 미래를 예측해서 실패한 선택을 하지 않도록

중심을 잡아주는 굳건한 버팀목이 존재한다.

그것이 바로 통찰이다.

선택의 갈림길에서 방황하는 우리에게 필요한 것은 바로 통찰이다

실패하지 않을 선택과 결정을 하고 싶다면, 통찰하라

● K는 지방 도시에서 입지전적인 인물이었다. 빚쟁이에게 쫓기던 그가 작은 분식점을 시작한 지 10년 만에 대형식당을 비롯한 다섯 개의 점포를 운영하며 100여 명에 달하는 직원을 둔 사업가로 성공했기 때문이었다. 그의 사업이 순탄하게 흘러가던 어느 날 강 건너에서 택지 조성사업이 끝나고 건물들이 하나둘 들어서기 시작했다.

이때 무언가 변화를 감지한 구시가지의 가게 주인들이 신시가지로 옮겨갈 준비에 들어갔으나 그는 꿈쩍하지 않았다. 그의 가게는 전부 수십 년 동안 구시가지 상권의 핵심인 백화점과 영화관 주변에 포진하고 있었다. 따라서 강 건너에 신시가지가 만들어져도 백화점과 영화관이 버티고 있기에 문제가 없다는 판단을 내린 것이다.

그의 예상대로 새로운 상권이 형성되기 위해선 10년 정도 걸린다는 말이 나돌았고 실제 드문드문 건물이 들어선 신시가지는 오가는 사람을 찾아보기 힘들었다.

이에 비해 구시가지 거리는 매일 사람들이 미어터질 듯 북적거렸다. 그런데 갑자기 예상치 못한 변수가 등장했다. 80년대 중반부터 시작된 저유가, 저금리, 저환율의 효과로 연 12%가 넘는 고도성장을 기록하는 경제호황이 이어지자 대중교통 이용을 당연하게 생각하던 중산층이 대형 가전제품과 자동차를 사들이기 시작한 것이다.

1986년만 해도 15만 대였던 국내 승용차 판매 대수는 불과 3년 만에 두 배로 늘어났고 1989년이 되자 무려 51만 대가 팔려나갔다. 서울 근교에 신도시가 건설되면서 집 없이는 살아도 자동차 없이는 못 산다는 붐이 들불처럼 일어났다.

이때부터 운전학원에는 면허증을 취득하려는 수강생들이 북적거리고 아파트 주차장과 골목길은 자동차로 넘쳐나기 시작했다. 자동차는 시대를 대표하는 상징이었다. 자동차를 가진 사람들은 좁고 갑갑한 시내를 벗어나서 시외로 몰려갔다.

오랫동안 주말에 대한 개념이 없던 중산층이 적극적으로 주말을 즐기기 시작한 것은 이 무렵이었다. 이때부터 시 근교의 바닷가와 유원지, 사찰 주변은 주말마다 몰려드는 자동차로 극심한 체증과 주차난을 겪기 시작했다. 기하급수적으로 늘어난 자동차는 외식과 레저문화에 새로운 소비문화를 만들어 냈다. 그리고 90년대에 들어서자 이런 소비문화는 광범위하게 확산하여 사회 전체에 엄청난 변화를 불러왔다.

한국 사회의 생활양식의 변화는 대중 소비가 경제 성장을 견인하는 시대로 접어들게 했다. 이런 급격한 변화에도 그의 사업은 그럭저럭 유지되었다. 사실 이때만 해도 늦은 것은 아니었다. 그러나 손대는 사업마다 성공을 거둔 그는 자신의 능력을 믿고 끝까지 구시가지 상권을 고수했다. 그리고 그 결과는 참혹하게 나타났다.

10년을 예상한 신시가지의 상권은 몇 년 뒤 새로운 멀티플렉스와 대형백화점이 문을 열고 넓은 주차장을 확보한 새로운 스타일의 가게가 펴즐 맞추듯 순식간에 들어서자 좁은 구시가지 거리를 몰려다니던 사람들이 약속이라도 한 듯 신시가지로 몰려간 것이다. 그때부터 구시가지는 걷잡을 수 없는 속도로 몰락하기 시작했다. 신시가지로 넘어갈 몇 번의 기회를 스스로 날려 버린 그는 무일푼 신세로 돌아가고 말았다.

1948년 2차 세계대전에 참여한 군인 출신의 찰스 라자루스는 미국 워싱턴 D.C.에 어린이용 가구를 판매하는 매장을 열었다. 그는 타고난 성실성으로 상품 배송을 비롯한 모든 업무를 혼자서 처리했다.

초기에는 어린이용 가구만 팔던 매장은 점차 손님이 늘면서 장난감도 취급했다. 한 번 사면 오랫동안 사용하는 가구와 달리 장난감의 수명은 짧았다. 그러자 새로운 장난감을 찾는 손님들이 늘어났다. 라자루스는 장난감 전문점을 만들 계획을 세운다.

10년 뒤 그는 라자루스 2호점을 열면서 대형 슈퍼마켓형 장난감 전문 매장을 열고 브랜드 이름을 '토이저러스Toys "R" Us'로 바꾼다. 세밀하게 구분된 다양한 제품이 넓은 매장을 가득 채운 토이저러스는 꾸준한 할인 판매를 앞세우며 점차 사람들의 관심을 끌었다.

2년 뒤 토이저러스를 대표하는 이미지 캐릭터 제프리Geoffrey가 등장하면서 폭발적인 성장을 이루었고 마침내 1978년 상장기업이 되었다. 80년대에 들어서자 토이저러스는 캐나다와 영국을 비롯한 세계 30개 국가에 진출한다. 이때 토이저러스는 미국 내에서 700개, 해외에 900개의 점포를 둔 세계 최대의 장난감 유통업체였다.

승승장구하던 토이저러스는 2000년대에 들어서면서 심각한 부진에 빠진다. 이 부진을 타개하기 위해 토이저러스는 독점 계약을 맺는다. 별도의 온라인 쇼핑몰을 열지 않고 향후 10년 동안 아마존에서 장난감을 판매한다는 계약이었다.

그러나 이 계획은 불과 3년 만에 파국을 맞는다. 아마존이 계약을 어기고 타사에서 공급하는 장난감을 팔기 시작한 것이다. 소송 끝에 아마존에 배상을 받고 뒤늦게 온라인 쇼핑몰을 열었지만 이미 모든 것이 끝난 뒤였다. 아마존이 온라인 시장의 주도권을 장악해 버린 것이다.

토이저러스는 결국 온라인에서는 아마존에, 오프라인에서는 월마트의 공세에 밀려난 끝에 결국 2017년 9월 18일에 버지니아주 리치몬드 파산법원에 파산보호를 신청한다. 그리고 2018년 3월 14일, 토이저러스는 미국 내 모든 매장의 문을 닫는다고 발표했다.

K와 토이저러스의 공통점은 무엇일까. 시대의 흐름과 변화에 따라 흥망성쇠가 결정되었다는 사실이다. 우선 K의 성공에는 상권의 중심인 백화점과 영화관이 있었다. 전통적으로 사람들을 끌어

모으는 공간인 영화관과 달리 80년대의 백화점은 서울과 지방을 떠나 그야말로 사람들을 집어삼키는 블랙홀이었다. 이전까지 재래시장을 주로 이용하던 사람들은 살림살이가 나아지자 너도나도 백화점으로 몰려들었다. 화려한 매장에 사람들을 매혹하는 온갖 제품이 가득한 백화점은 잠시 현실을 잊을 수 있는 꿈의 공간이었다. 백화점의 서점, 미용실, 식당에는 퇴근한 직장인들로 북적거리고 지하 마트에는 장을 보러 나온 주부들이 가득했다.

K의 점포는 상권의 핵심인 백화점과 영화관 사이에 있었다. 이는 당시 자영업 성공을 위한 가장 중요한 조건을 충족하고 있음을 알려준다. 물론 K의 성공에는 본인의 남다른 노력이 뒷받침된 것은 분명하다. 핵심 상권에 있다고 모든 가게가 성공하는 것이 아니기 때문이다.

그러나 당시는 지금과 달리 유동인구가 많은 곳에 점포를 확보한 것만으로 70% 이상의 성공을 담보하던 시절이었다. 소비층이 재래시장에서 고급제품을 취급하는 백화점으로 이동하는 시대적 흐름을 절묘하게 탄 것이 K의 중요한 성공 요인이었다. 만약 그가 외진 곳에 점포를 차렸다면 결코 성공하지 못했을 것이다. 자동차가 대중화되기 전이기 때문이다.

토이저러스도 마찬가지다. 장난감 매장이 성공할 수 있는 배경에는 전후 베이비붐 세대의 폭발적인 증가가 있었다. 급격하게 늘어난 어린이들은 모두 토이저러스의 잠재적인 고객이었다. 거기다 대형 매장에 대한 선호도가 높아지고 어린이들의 심리를 파고든 적절한 홍보 전략이 맞아떨어지면서 세계 최대의 장난감 유통업체로 성장한 것이다. 즉 시대의 흐름과 사업 전력이 절묘하게 맞아떨어진 셈이다.

그런데 K와 토이저러스의 몰락 원인은 아이러니하게도 역시 똑같은 시대의 변화였다. K의 경우는 신도시에 들어선 상권이 과거와 다른, 멀티플렉스처럼 새로운 스타일이란 사실을 간과했다. 그리고 거듭되는 성공이 자신의 능력이라고 착각한 것도 있다. 이 성공에 도취하여 새로운 변화를 읽지 못한 것이다.

결과적으로 자신의 노력보다는 시대의 흐름과 흥망성쇠를 같이 한 것이다. 토이저러스도 마찬가지다. 2000년대에 들어서자 신생아 수가 급격하게 감소하고 어린이들이 태블릿 같은 디지털 기기를 선호하자 전통적인 장난감 소비가 큰 폭으로 줄어들 수밖에 없었다. 거기다 인터넷이 만들어 낸 온라인 쇼핑 시대에 빠르게 대응하지 못한 것이 결국 실패의 원인이었다. 즉 토이저러스 역시 시대의 흐름과 변화에 따라 흥망성쇠가 결정된 것이다. K와 토이저러스의 성공과 실패를 통해서 알 수 있는 것은 그들이 시대의 변화를 전혀 예측하지 못했다는 사실이다.

시대의 흐름을 예측하는 방법은 무엇일까. 우리는 흔히 철이 든다는 말을 한다. 여기서 철이란 사리를 분별할 줄 안다는 지각知覺이다. 즉 철이 들었다는 것은 세상을 바라보는 가치관이 형성되었다는 것을 말한다.

가치관은 사람마다 다르다. 성장 환경과 교육여건에 따라 세상을 보는 시각이 다르게 형성되기 때문이다. 가치관은 나이가 들면 저절로 만들어지는 걸까. 그렇지 않다. 나이가 아무리 많아도 사리 분별을 하지 못하는 사람들이 많기 때문이다. 우린 주변에서 그런 사람들을 쉽게 찾아낼 수 있다. 남의 말을 듣지 않고 자기 판단이 절대적 진실이라고 주장하는 사람들, 어떤 문제가 발생했을 때 어느 편에도 가담하지 않고 침묵하는 사람들, 자신에게 이익이 돌아올 때만 행동하는 사람들이다. 우린 그들을 꼰대라고 부를 뿐 가치관이 올바르다고 절대 말하지 않는다. 따라서 나이와 가치관의 형성은 아무 상관이 없다.

올바른 가치관은 시대의 흐름을 예측할 수 있는 걸까. 예측할 수 없다. 가치관은 눈앞에 보이는 현상을 읽을 뿐 결코 본질을 직시할 수 없다. 즉 시대의 변화와 미래를 예측할 수 없다는 뜻이다.

그렇다면 무엇으로 미래를 예측하고 시대의 변화를 꿰뚫어 볼 수 있는 걸까. 통찰通察이다. 한 번 형성되면 죽는 순간까지 변하지 않는 가치관과 달리 통찰은 가변적이다. 따라서 시대적 흐름에 유연하게 대처하며 본질을 직시할 수 있다.

통찰은 내부를 바라보는 시선이다. 우리는 자신을 잘 안다고 생각하지만 그렇지 못한 경우가 많다. 그것은 타자를 통해서만 나를 인식할 수 있기 때문이다. 세상이란 거울이 비춰줄 때 비로소 자신의 모습을 확인할 수 있다는 것이다. 불행히도 세상은 그런 기회를 자주 주지 않는다.

나이가 어릴 때는 친구들끼리 허물없이 단점을 지적할 수 있지만, 나이가 들면 누군가의 결점을 지적하지 않고 침묵한다. 따라서 부모 자식 사이에도 서로의 결점을 지적하기가 쉽지 않다. 상대의 허물을 들추고 신랄하게 비난할 수 있는 사람은 파탄 직전에 내몰린 부부밖에 없다. 이혼 법정에 설 부부를 제외하고는 아무도 나의 결점을 알려주지 않기 때문이다. 대신 그들은 조용히 내게서 멀어져 갈 뿐이다. 따라서 자신을 정확하게 인식하지 못하고 평생을 살아가는 사람들이 부지기수다. 돈을 많이 써도 친구를 만들지 못하는 사람과 가만히 있어도 귀찮을 정도로 사람이 몰려드는 사람은 그에 합당한 이유가 있다. 다만 본인이 그것을 인식하지 못할 뿐이다.

우린 태어나서 죽는 순간까지 싫든 좋든 사람들과 관계를 맺고 살아갈 수밖에 없다. 이런 사람들과의 관계에 실패하지 않는 방법은 자신을 정확하게 직시하는 것이다. 자신의 온전한 내부를 명징하게 들여다볼 수 있는 것은 통찰밖에 없다.

통찰은 외부를 바라보는 시선이다. 우리는 어떤 물건을 살 때마

태어나서 죽는 순간까지

싫든 좋든 사람들과 관계를 맺고 살아갈 수밖에 없다.

사람들과의 관계에 실패하지 않는 방법은

자신을 정확하게 직시하는 것이다.

자신의 온전한 내부를 명징하게

들여다볼 수 있는 것은 통찰밖에 없다.

다 수없이 고민한다. 가격이 싼 물건이라면 상관없지만 수십만 원이 넘는 물건이라면 신중할 수밖에 없다. 여러 매장을 찾아가서 꼼꼼하게 비교 확인하는 이유는 가격 대비 성능이 떨어지는 제품을 사는 실수를 하지 않기 위해서다. 그러나 이런 신중한 선택에도 불구하고 실패를 되풀이하는 것은 우선 제품의 종류가 너무 많고 성능과 가격이 천차 만별이기 때문이다. 결국 가성비 좋은 제품을 찾는 것은 시간과 돈을 허비하고 난 다음이다.

사람도 마찬가지다. 외모나 언행으로 사람을 판단하지만 실패하는 경우가 많은 것은 누구든지 단점을 감추고 장점을 보여주기 때문이다. 그래서 상대의 실체를 알기까지 많은 시간이 걸린다. 특히 남녀 관계에서 이런 현상이 빈번하게 발생한다. 한 공간에서 생활하기 전까지는 상대를 완전하게 알 수 없기 때문이다. 일상에서 일어나는 사소한 시행착오라면 크게 문제될 게 없지만, 결혼이나 사업을 결정해야 한다면 상황이 달라진다. 한 번 잘못된 선택이 인생 전체를 좌우할 수 있기 때문이다. 통찰은 이런 실수를 방지해준다. 옳고 그름과 진실과 거짓을 구분할 수 있는 판별력이 바로 통찰이기 때문이다.

우리의 삶은 매 순간 선택의 연속이다. 이 글을 읽는 이 순간에도 당신은 누구와 만나 어디서 어떤 음식을 먹을지 고민하고 있다. 따라서 부모를 선택할 수 없다는 것을 제외한 모든 일을 스스로 선택하고 결정해야 한다. 어느 학교에 갈 것인지, 어떤 학과를 지원할 것인지, 어떤 사람을 만날 것인지, 어떤 직장에 들어갈 것인지, 누구를 만날 것인지는 전적으로 자신의 판단과 선택이다. 그리고 결정하는 순간 우리의 운명은 돌이킬 수 없는 궤도로 진입한다. 사업의 성공과 실패는 결국 선택과 결정의 결과물이다. 성공하면 옳은 선택이고 실패하면 나쁜 결정이다. 우리의 행복과 불행은 모두 자신의 선택에 의한 결과물인 것이다.

90년대 중반 〈TV 인생극장〉이란 프로그램이 있었다. 인생의 갈림길에 선 주인공이 선택한 결과를 차례로 보여주는 드라마였다. 주인공이 선택의 갈림길에 선 순간 "그래, 결심했어!"라는 대사를 시작으로 두 개의 결과를 차례로 보여준다. 드라마에서 보여주는 내용은 주로 권선징악이었다. 그래서 도덕적인 선택은 복을 얻고 부도덕한 선택을 했을 땐 패가망신하는 이야기가 주를 이루었다. 가끔 어중간한 엔딩이 있었지만 이런 큰 줄기에서 벗어나진 않았다. 시청자는 철저한 방관자로 주인공의 선택을 지켜볼 수 있다. 주인공이 선택한 결과가 어떻게 나오든 자신과 아무 상관이 없기 때문이다.

드라마 주인공처럼 현실의 우리도 늘 선택의 갈림길에 선다. 결혼을 할 것인지, 사업을 해야 할 것인지 선택하고 결정해야 한다. 그러나 드라마와 현실은 다르다. 두 번의 기회를 주지 않기 때문이 통찰은 변별력이다.

옳고 그름, 진실과 거짓을 구분할 수 있는 능력이다.

일상에서 수없이 경험하는 시행착오를 줄여준다.

엉뚱한 길로 들어서지 않게 정확하게 안내한다.

사물의 외면이 아니라 숨겨진 본질을 파악하고

진실을 찾아내는 시선이다.

짙은 안개 속에서

길을 잃지 않게 하는 등대의 불빛이다.

다. 선택하는 순간 모든 경우의 수가 사라진다. 그리고 좋은 결과를 얻는 것보다 예측에 실패하는 경우가 많은 것이 우리의 현실이다.

만약 세상 모든 사람이 선택의 결과에 만족한다면 어떻게 될까. 세상에 불행이란 단어는 존재하지 않을 것이다. 그러나 현실은 정반대다. 자신의 삶이 행복하다는 사람이 많지 않기 때문이다. 이는 많은 사람이 미래예측에 실패하고 있다는 것을 의미한다.

주식시장은 선택과 결정의 연속이다. 주식이 올라갈 것인지 내려갈 것인지를 끝없이 판단해야 하기 때문이다. 주가는 이 두 개의 상반된 선택과 결정에 의한 결과물이다. 폭등과 폭락은 이 선택의 균형이 한쪽으로 쏠렸을 때 나타나는 현상이다. 주식시장에 뛰어든 사람들은 모두가 승자가 되길 원한다. 그러나 언제나 승리를 한 사람은 극소수에 불과하다. 승자보단 패자가 더 많은 것이다.

만약 우리가 미래를 예측할 수 있었다면 지난 1998년도 한국 사회를 송두리째 흔들어 놓은 IMF 위기가 일어나지 않았고 세계 무역센터 빌딩이 무너지는 것도 막을 수 있었다. 그러나 불행히도 우린 이런 불행한 사태를 사전에 방지하지 못했다. 물론 그냥 손을 놓고 불행을 맞이한 것은 아니었다. 매 순간 옳은 선택을 하기 위해 부단히 노력한다. 그런데도 우리의 선택은 성공보단 실패가 더 많다.

그렇다면 실패하지 않을 선택과 결정은 무엇인가. 통찰이다. 통찰만이 우리에게 올바른 선택과 결정을 내리게 할 수 있다. 통찰은 변별력이다. 옳고 그름, 진실과 거짓을 구분할 수 있는 능력이다. 통찰은 어떤 말을 하려고 할 때, 어떤 일을 행하려고 할 때의 결과를 예측한다. 우리가 일상에서 수없이 경험하는 시행착오를 줄여준다. 엉뚱한 길로 들어서지 않게 정확하게 안내한다. 통찰은 사물의 외면이 아니라 숨겨진 본질을 파악하고 진실을 찾아내는 시선이다. 짙은 안개 속에서 길을 잃지 않게 하는 등대의 불빛이다.

일부 세력이 지식과 정보를 독점하던 시절 우리가 선택할 수 있는 길은 없었다. 우린 그저 그들이 알려주는 길을 따라가면 그만이었다. 그러나 지금은 상황이 다르다. 아무도 길을 알려주지 않는 세상이다. 따라서 스스로 길을 찾아가야 한다. 지식과 정보의 보고寶庫인 인터넷은 혼돈으로 변해버렸다. 지식과 정보의 과잉 생산이 선택과 판단을 더 어렵게 만들었다. 무엇이 옳고 그른 것인지, 무엇이 진실이고 거짓인지 더 구분하기 힘들어진 것이다.

우린 이 깊고 암울한 수렁에서 어떻게 벗어날 수 있는가. 지금 슈퍼컴퓨터보다 10,000배 연산능력이 뛰어난 인공지능이 나타날 때까지 기다려야 하는 걸까. 그러나 인공지능은 이익과 손해를 분석해줄 뿐 성공과 실패를 알려주진 않는다. 우리의 행복을 책임지지 않는다는 것이다. 따라서 인공지능이 아무리 많은 경우의 수를 제시해도 결국 선택은 인간의 몫이다.

인공지능이 아무리 많은 경우의 수를 제시해도

결국 선택은 인간의 몫이다.

우리가 믿고 기댈 것은 한 가지밖에 없다.

스스로 옳고 그름을 가려내고 진실과 거짓을 구분하는 것이다.

옳은 선택과 결정을 내리는 것만이 최선이다.

그것을 가능하게 하는 것이 통찰이다.

우리가 믿고 기댈 것은 한 가지밖에 없다. 스스로 옳고 그름을 가려내고 진실과 거짓을 구분하는 것이다. 옳은 선택과 결정을 내리는 것만이 최선이다. 그것을 가능하게 하는 것이 통찰이다. 급변하는 세상에서 미래를 예측하고 실패하지 않는 선택과 결정을 내릴 수 있게 해주는 것이 통찰이다. 중심을 잃지 않게 잡아주는 굳건한 버팀목인 것이다. 무엇보다 실패하지 않는 삶을 살아가기 위해서 가장 중요한 것이 통찰의 힘이다.

만약 K와 찰스 라자루스에게 통찰이 있었다면 어떻게 되었을까. K는 신시가지에서 더 큰 사업을 펼치고 있을 것이고 토이저러스는 인터넷 쇼핑몰을 선점하여 아마존과 월마트가 쫓아오지 못할 정도로 승승장구하고 있을 것이 분명하다. 그러나 그들에게는 불행하게도 시대의 흐름을 꿰뚫어 보는 통찰이 없었다. 냉정하게 말하면 그들에게는 운만 있었을 뿐이었다. 시대가 만들어준 운이 다하는 순간 그들의 성공은 신기루처럼 사라지고 말았다.

•

통찰은 진실과 거짓, 옳고 그름을 판별하고 사물의 본질을 직시하는 힘이다.

통찰을 통해 우리는 오늘의 현상에 대처하고 내일의 변화를 예측할 수 있다.

이러한 통찰의 핵심은 책을 읽는 행위에 있다.

다른 사람들보다 앞서가는 사람들은 이 순간에도

책을 읽고 있다는 사실을 알아야 한다.

책을 통해 자각하고 성찰하여 자신만의 통찰을 갖추는 것이 곧 변별력이다.

통찰은 곧 변별력이다

통찰의 힘은 지식과 경험, 성찰이 녹아 있는 정수精髓, 책으로부터 나온다 영화 〈백투더퓨처〉에는 주인공이 타임머신을 타고 30년 뒤의 미래로 가는 장면이 나온다. 이 영화의 맥거핀은 미국에서 열린 모든 스포츠 경기의 결과를 기록한 스포츠 연감이다. 이 연감을 놓고 뺏고 뺏기는 활극을 벌이는 이유는 과거로 돌아가서 모든 스포츠 경기의 승패를 맞출 수 있기 때문이다. 즉 스포츠 도박을 통해 일확천금을 벌 수 있다는 얘기다. 네이버가 코스닥에 상장한 첫날 주가는 2만 2,000원이었다. 그리고 16년이 지난 오늘 네이버의 주가는 75만 원을 상회하고 있다.

만약 〈백투더퓨처〉에 등장하는 타임머신이 있다면 누구든지 엄청난 부자가 될 수 있다. 그러나 그런 일은 영화에서나 가능하지 현실에서는 불가능하다. 먼 미래가 아니라 당장 내일 일도 알지 못하기 때문이다. 그런데도 사람들은 내일 일어날 일을 알아내기 위해 온갖 방법을 동원한다. 대한민국에 무속인과 역술인이 100만 명이 넘는 것은 이런 이유 때문이다.

그런데 타임머신과 무속인들의 도움을 받지 않고도 미래를 예측한 사람이 있다. 다가올 미래를 정확하게 알고 있는 그는 엄청난 부자다. 동시에 수많은 사람의 존경을 받는 그는 바로 일본 소프트뱅크 그룹의 손정의 회장이다.

손정의 회장은 일본 규슈 사가현의 한일 밀집 무허가 판자촌에서 태어났다. 구루메대학 부설 고등학교 1학년 때 미국 유학을 떠나 버클리대를 졸업하고 일본으로 돌아온 그는 1981년 9월, 후쿠오카의 한 허름한 목조건물에 사무실을 얻어 자본금 1,000만 엔으로 소프트뱅크를 설립한다.

손정의 회장은 아르바이트생을 포함하여 세 명뿐인 직원들에게 장차 회사가 조 단위의 매출을 올리게 될 거라고 큰소리쳤다. 24살의 젊은 사장의 황당한 포부에 질린 직원들은 곧바로 사무실을 그만두고 말았다.

이렇게 시작한 소프트뱅크는 6개월 만에 1억 엔이 넘는 이익을 냈고 2년 뒤에는 사원 125명에 매출 45억 엔의 회사로 급성장했다. 그리고 37년이 지난 올해 손정의 회장의 재산은 219억 달러의 일본 최고의 부자가 되었다. 오늘날 그는 일본에서 대학생과 신입사원들이 가장 존경하는 두 번째 기업가로 선정되었고 인터넷 세계에서 가장 영향력 있는 인물로 평가받고 있다.

지난 2016년 7월 18일, 손정의 회장은 영국의 반도체 회사 ARM 지분 100%를 36조에 인수한다고 발표했다. ARM은 영업이익이 40%가 넘는 알짜 기업이지만 1년 매출은 불과 1.5조에 불과하다. 그런데도 그는 3일 전 종가보다 43%의 프리미엄을 주고 주당 17파운드를 주고 전격적으로 인수했다.

이 소식은 곧바로 전 세계로 퍼져나가면서 큰 반향을 불러일으켰다. 손정의 회장이 이끄는 비전펀드가 엄청난 금액을 주고 ARM

을 인수한 배경이 IT 업계의 초관심사로 떠오른 것이었다.

시간이 지나야 그 확실한 결과를 알 수 있겠지만 손정의 회장이 ARM을 인수한 것은 AI를 장악한 자가 미래를 지배한다는 로드맵인 것은 분명하다. 생산시설 없이 칩 설계와 개발을 하는 ARM은 총 3개의 코어텍스Cortex 제품군을 보유하고 있다. 스마트폰이나 태블릿에서 두뇌 역할을 하는 AP 칩은 현재 전 세계 스마트폰의 95%, 태블릿 시장은 85%, 웨어러블 시장 점유율은 90%를 확보하고 있다. 나머지 코어텍스 R은 약속된 시간에 응답하는 리얼타임 지원 프로세서에 사용되고 코어텍스 M은 마이크로 컨트롤러와 사물인터넷 기기에 사용된다.

여기서 주의 깊게 봐야 할 것은 코어텍스 M 칩이다. 사물인터넷은 각종 사물에 센서와 통신 기능을 내장하여 인터넷에 연결하는 기술을 말한다. 인터넷으로 연결된 사물들이 데이터를 주고받아 스스로 분석한 정보를 사용자에게 제공하거나 사용자가 이를 원격 조정할 수 있는 인공지능 기술이다. 즉 손정의 회장은 ARM의 칩으로 자동차, 가전, 컨슈머 기기를 비롯한 인공지능 시장을 완전히 장악하겠다고 선포한 것이다. 이는 4차 산업혁명 사회의 코어를 장악하기 위해 ARM을 인수했다는 것을 의미한다. 당장 다가올 내일을 알지 못한 우리와 달리 손정의 회장은 수십 년 뒤의 미래를 보고 36조의 돈을 투자한 것이다.

그렇다면 손정의 회장의 미래를 예측하는 능력은 얼마나 성공을 거둔 걸까. 소프트뱅크를 창립한 후 그는 지금까지 1,300개에 달하는 IT 관련 기업에 투자를 해왔는데 승률이 무려 70%에 달한다.

손정의 회장의 투자 결정은 일반적인 상식으로 볼 때 어이가 없을 정도로 빠르다. 그는 27살의 야후 CEO 제리 양을 만나 피자를 먹으며 사업에 관한 얘기를 들은 후 1억 5,000만 달러를 투자하여 지분 35%를 사들였다. 당시 야후는 직원 15명에 매출 200만 달러에 적자가 100만 달러인 미래가 불투명한 벤처기업이었다. 알리바바의 마윈을 만났을 때 투자 결정에 걸린 시간은 불과 6분이었고 컴덱스 인수 협상은 채 5분이 걸리지 않았다. 그런데도 그의 투자 승률은 놀라울 정도로 높다. 1996년 4월 야후가 상장되었을 때 총 발행액은 8억 5,000만 달러였고 주가는 거래 첫날 154% 폭등했다. 겨우 200억 원을 투자한 알리바바에서는 무려 78조의 수익을 거둬들였다.

그렇다고 그가 매번 이렇게 투자를 결정하는 것은 아니다. 일본에서 만년 꼴찌였던 이동통신사 보다폰을 인수할 땐 무려 3,000회나 시뮬레이션하고 1,000개에 달하는 지표를 동원해서 철저하게 검증했다. 그럼 대체 손정의 회장의 경이로운 투자 승률은 어디서 오는 걸까. 남들 모르게 타임머신을 타고 미래를 다녀오는 걸까. 그래서 어떤 기업이 성공하고 어떤 기업이 망하는 것인지 알고 있는 걸까. 영화 〈백퓨더퓨처〉에 나오는 스포츠 연감처럼 그 목록을 들고 투자하기에 높은 성공률을 보이는 걸까. 그게 아니라면 축적된 경험이나 직관일까. 그러나 그것만으론 그의 성공을 전부 설명할 수 없다.

그렇다면 무려 300년 뒤를 내다보며 사업을 한다는 손정의 회장의 미래예측 능력은 어디서 나오는 걸까. 그것은 통찰이다. 지난 37년 동안 손정의 회장이 엄청난 수익을 거둬들인 미래예측은 바로 통찰이다. 그 누구도 쫓아올 수 없는 통찰의 힘으로 타의 추종을 불허하는 성공을 거둔 것이다. 그리고 지금도 온라인 상거래, 반도체, 제약 바이오, 통신위성, 가상현실 사업에 약 260억 달러를 투자하고 있다.

사업에 성공하는 조건은 무엇일까. 결단력, 과감한 의사 결정, 운, 강력한 실행력, 지도력, 인재, 자본, 시대적 트렌드 등 많은 요소가 필요하다. 그러나 무엇보다 사업을 성공시키기 위해선 통찰과 비전이 필요하다.

특히 미래를 예측하는 통찰은 사업가라면 필연적으로 갖춰야 할 능력이다. 이를 바꿔 말하면 미래를 예측하는 능력이 없는 사람은 사업가의 자질이 없다는 뜻이다. 세상에 없는 혁신적인 제품을 만들기 위해선 앞으로 다가올 세상의 변화를 정확하게 예측해야 한다. 이런 능력 없이는 미래를 선도하는 제품과 시스템을 절대 만들 수 없다.

제프 베조스, 리드 헤이스팅스, 빌 게이츠, 스티브 잡스, 하워드 슐츠의 공통점은 무엇일까. 미래의 변화를 예측하는 통찰이다. 그들은 이 통찰의 힘으로 새로운 제품과 혁신적인 시스템을 만들어냈다.

하워드 슐츠는 커피 원두를 구하러 이탈리아에 갔다가 사람들이 카페에서 커피를 마시며 대화를 나누는 모습을 보고는 미국 사회도 앞으로 쾌적하고 세련된 공간에서 양질의 커피를 마시는 세상이 온다고 예측했다. 그렇게 스타벅스가 만들어졌다.

리드 헤이스팅스는 대여점에서 빌린 DVD를 제날짜에 반납하지 못해 40달러의 연체료를 물게 되자 한 달에 6달러만 내면 자유롭게 DVD를 대여하고 반납하는 시스템을 구축했다. 그리고 인터넷이 연결된 곳이라면 언제 어디서든 영화와 드라마를 볼 수 있는 넷플릭스를 만들었다.

제프 베조스는 1994년 인터넷 이용자가 매년 23배씩 증가한다는 신문기사를 읽고는 연봉 100만 달러의 월가의 투자회사 부사장 자리를 때려치우고 나와 전자상거래 업체 아마존을 만들었다.

하워드 슐츠는 시대가 변하면 음식문화가 변한다는 사실을 예측했고 리드 헤이스팅스는 기업에 유리한 불합리한 구조를 고객 위주의 새로운 시스템을 만들었다. 제프 베조스는 인터넷 사용자가 기하급수적으로 늘어나는 현상을 통해 책을 사러 서점에 가지 않는 시대가 올 것을 예측했다. 그의 예상대로 전자상거래는 세상을 움직이는 혁신적인 시스템이 되었다.

그러나 세상 모든 사람이 이들처럼 현상을 통해 미래를 예측할 수는 없다. 오히려 세상의 변화를 알아차리지 못하는 경우가 대부분이다. 내가 지금 사용하는 이메일은 1990년대 말에 만든 것이다. 당시 우표를 붙이지 않고 컴퓨터로 편지를 보낸다는 게 신기하다고 생각했지만, 오늘날처럼 수백 장의 사진과 두툼한 문서까지 보낼 수 있을 거라고는 예상하지 못했다.

포털사이트가 처음 등장했을 때도 마찬가지다. 이 새로운 시스템이 지식과 정보의 카르텔을 무너뜨린다는 생각은 손톱만큼도 못했다. 그저 몰락한 PC 통신 사용자를 흡수한 '카페'라는 인터넷 커뮤니티가 전부라고 생각했을 뿐이다.

휴대전화를 비싼 돈을 들여 샀을 때도 마찬가지였다. 그저 뒷주머니에 넣고 다니며 식당이나 커피숍 탁자에 올려놓고 사람들의 시선을 즐기기만 했을 뿐 언젠가 모든 사람이 손에 들고 다닌다는 생각을 못했다.

그러나 나의 이런 무지와 다르게 새로운 제품과 시스템이 세상을 혁신적으로 변화시킬 것을 알아차린 사람들이 있다. 그들은 난세에 영웅이 난다는 말처럼 시대의 흐름을 놓치지 않고 엄청난 성공을 거두었다.

그들은 대체 어떻게 시대의 변화를 알아차린 걸까. 휴대전화와 인터넷의 대중화가 이동통신사와 포털사이트에 엄청난 수익을 줄 거라고 어떻게 예측한 걸까. 통찰이다. 그들은 다른 사람들이 보지 않는 곳을 본다. 하나의 변화가 또 다른 변화와 만났을 때 일어나는 가능성을 생각한다. 세상에 없는 새로운 제품이 나타났을 때 그에 따르는 변화를 통해 흐름을 파악한 것이다.

통찰은 사업가들만의 전유물일까. 그렇지 않다. 오히려 통찰이 빛을 발하는 것은 우리 일상에서다. 물건을 살 때 시간과 돈을 허비하는 시행착오를 겪지 않고 유튜브에 범람하는 뉴스 중 가짜 뉴스를 구분할 수 있고 사회 문제가 발생했을 때 군중심리에 휩쓸리지 않고 냉철하게 현상을 파악할 수 있다. 신문기사의 행간에 숨겨진 진실을 알아볼 수 있기에 거짓 선동과 감언이설에 넘어가지 않는 것이다.

사람을 만날 때도 마찬가지다. 수려한 외모에 현혹되지 않고 능란한 말솜씨에 속지 않는 것은 통찰로 상대의 진실과 위선을 가려낼 수 있기 때문이다. 통찰이 진가를 발휘하는 것은 인터넷이다. 범람하는 정보의 바다에서 내게 필요한 지식을 정확하게 찾아낼 수 있기 때문이다.

통찰은 진실과 거짓, 옳고 그름을 판별하고 사물의 본질을 직시하는 힘이다. 우린 이를 통해 오늘의 현상에 대처하고 내일의 변화를 예측할 수 있다.

통찰은 어떻게 만들어지는 걸까. 다양한 경험인가 아니면 교육인가. 교육이 통찰의 형성에 일정 부분 도움이 되는 것은 사실이다. 그러나 최고의 학교를 졸업했다고 저절로 통찰이 만들어지는 것은 아니다. 우린 신문과 방송을 통해서 대한민국 최고학부를 나오고 판검사를 하던 사람들이 권력을 휘두르다 속절없이 무너지는 모습을 수없이 지켜보았다. 이것은 뛰어난 학벌과 학식이 통찰과 아무 상관이 없다는 사실을 의미한다.

그렇다면 여행을 통해서 통찰을 형성할 수 있을까. 인도를 여행하고 돌아온 사람들은 길가의 풀 한 포기도 허투루 보이지 않는다고 한다. 지금껏 무심히 지나친 것들이 심오한 비밀을 품은 것처럼 느껴지기 때문이다. 낯선 여행지에서 새로운 사람들을 만난다는 것은 분명 좋은 경험이다. 그러나 삶의 활력은 얻을 수 있지만 자각했다고는 할 수 없다.

낯선 도시에 도착한 사람들은 정해진 코스를 따라간다. 물론 새로운 루트를 만들 수 있으나 시간과 비용이 많이 든다. 따라서 앞선 여행자들이 수많은 시행착오 끝에 만든 루트를 따라가는 것이 효율적이다. 그 루트를 따라가면 성당과 미술관과 박물관이 차례로 나타난다. 유명 음식점에서 식사하고 호텔로 돌아온 사람들은 단 한 시간도 헛되게 보내지 않았다는 만족감에 휩싸여 잠이 든다.

그러나 이런 여행이 삶의 경험이 될 수 있는지는 의문이다. 한 도시를 며칠 돌아본 것만으로는 그 도시에 사는 사람들의 삶을 온전하게 이해할 수 없기 때문이다. 이는 불국사와 첨성대를 봤다고 경주 사람들의 내밀한 삶을 알 수 없는 것과 같다. 그 짧은 시간 동안 삶을 성찰하고 자각하는 경험으로 이어질 수 없다는 뜻이다. 따라서 여행을 통해 얻는 즐거움은 일상에 정체된 내면을 흔들어 끌어낸 감정일 뿐 진정한 경험이 아니다. 그 감정은 낯선 여행지가 익숙해지는 순간 사라지는 신기루일 뿐이다.

이런 이유로 여행은 삶을 일시적으로 환기할 순 있지만, 결코 통찰에 이르는 자각이 될 수 없다. 통찰의 밑거름이 될 수 있는 경험은 그 도시에서 살아가는 사람들의 기쁨과 슬픔, 행복과 불행을 피부로 느꼈을 때 비로소 축적된다.

따라서 통찰은 지식과 정보의 나열, 더하고 빼서 도출하는 수식도 아니다. 남들이 모르는 정보를 알고 있다고, 잡다한 지식을 많이 안다고 만들어지는 것도 아니다. 통찰은 교육과 다양한 경험, 축적한 지식과 정보를 성찰과 자각을 통해 걸러지고 남은 사고의 정수다.

통찰의 핵심은 책을 읽는 행위다. 책이 통찰의 가장 중요한 요소가 되는 이유는 교육과 경험의 한계성이다. 경제적 여유와 시간이 없으면 교육과 경험은 제한된다. 그러나 책을 읽는 것은 제약이 없다. 본인의 의지만 있으면 수천 권이라도 읽을 수 있기 때문이다. 저자는 한 권의 책을 쓰기 위해 최선을 다한다. 수백 권의 자료를 읽고 분석하는 것은 물론이고 자각하고 성찰한 것을 글로 풀어내기 때문이다. 한 권의 책은 저자의 총체적인 지식과 삶의 경험과 성찰이 녹아 있는 정수精髓다. 따라서 한 권의 책을 읽는다는 것은 저자의 정수를 내 것으로 만드는 일이다. 수십 년 공부하고 수천 명의 사람을 만나야 얻을 수 있는 경험을 한 권의 책으로 갈음할 수 있는 것보다 효율적인 일은 세상에 없다.

손정의 회장의 미래를 예측하는 통찰도 바로 책에서 나왔다. 그는 26세 때 만성 간염에 걸려 병원 신세를 진 적이 있었는데 3년 동안 무려 4,000권의 책을 읽었다. 오늘날까지 계속되는 방대한 책 읽기가 손정의 회장의 통찰을 만든 것이다. 이는 손정의 회장뿐만 아니라 이 시대를 선도하는 혁신적인 사업가들의 공통점이다. 그들은 책을 읽고 얻은 통찰의 힘으로 옳고 그름과 진실과 거짓을 판별하고 미래를 예측했다.

지난 5월 부천의 한 중학교에 3주 동안 특강을 나간 적이 있다. 3학년 9개 반을 맡았는데 마지막 수업 시간은 학생들에게 지금까지 읽은 책 중에 친구들에게 추천하고 싶은 책과 장래희망을 발표하는 시간을 가졌다. 생각보다 다양한 책과 시대상을 읽을 수 있는 통찰의 핵심은 책을 읽는 행위다.

한 권의 책은 저자의 총체적인 지식과

삶의 경험과 성찰이 녹아 있는 정수精髓다.

따라서 한 권의 책을 읽는다는 것은

저자의 정수를 내 것으로 만드는 일이다.

수십 년 공부하고 수천 명의 사람을 만나야

얻을 수 있는 경험을 한 권의 책으로

갈음할 수 있는 것보다

효율적인 일은 세상에 없다.

많은 직업이 등장하여 젊은 세대들의 솔직한 생각을 읽을 수 있는 유익한 시간이었다.

그러나 내심 당혹스러운 부분이 있었다. 그것은 한 반에 대여섯 명의 학생들이 장래희망을 건물주라고 밝혔기 때문이었다. 특정 학급이 아니라 9개반 전체에서 골고루 나온 것이다. 이를 어떻게 받아들여야 할지 난감했지만 가만 생각하니 학생들의 이런 희망은 당연하다는 생각이 들었다. 연예인 누가 어디에 건물을 사서 얼마를 벌었다는 기사가 매일 쏟아지는 나라에 살고 있기 때문이다.

사실 건물주가 되고 싶다는 생각은 학생들만의 꿈이 아니다. 이 시대를 살아가는 모든 사람의 희망이다. 어쨌든 중학생들이 근엄한 표정으로 자신들을 나무라는 어른들의 허위와 위선을 비웃고 있다는 생각이 들었다.

건물주는 우리 사회에서 특별한 사람들이다. 상위 1%의 세계에 속해 있기 때문이다. 이는 우리나라만이 아니라 전 세계 공통적인 현상이다. 상위 1%의 세계는 우리 욕망이 추구하는 정점이다. 그 세계에 속한 사람들이 세상의 모든 부와 명예를 독차지하고 있어서다. 모든 사람이 원하지만, 그 세계에 들어가는 것은 하늘의 별을 따는 것만큼 어렵다. 좀처럼 진입을 허락하지 않기 때문이다.

그런데 건물주가 장래희망인 학생들이 간과한 사실이 있다. 상위 1%의 화려한 생활만을 동경할 뿐 그들이 어떤 과정을 통해 그 세계에 진입했는지 알지 못한 것이다.

부를 세습하거나 불법 이익으로 부자가 된 사람들을 제외하고 순수한 자력으로 건물주가 된 사람들의 공통점은 무엇일까. 모두 자기만의 확고한 통찰을 가졌다는 사실이다. 그들은 다른 사람들이 보지 않는 곳을 직시하고 당면한 위기를 기회로 삼는다. 현실을 냉철하게 판단하며 하나의 현상에서 파생되는 변화를 예측한다. 즉 이들은 일반인들이 보지 못하고 생각하지 못하는 세상을 주시하는 사람들이다. 그들은 이런 통찰을 위해 읽고 또 읽는다. 읽기를 통해 자기만의 논리를 갖추고 세상을 정확하게 판단할 수 있기 때문이다.

즉 1%의 세계에 진입하기 위한 가장 첫 번째 선결조건이 통찰이다. 시대의 흐름을 타거나 적절한 운이 따라주면 부자가 될 수는 있다. 그러나 통찰 없이는 그 부를 오랫동안 절대 유지할 수 없다. 모든 사람이 존경하는 사업가가 될 수 없다는 뜻이다.

따라서 모든 사람이 원하는 상위 1%의 세계에 들어가기 위해 가장 먼저 해야 할 일은 책을 읽는 것이다. 책을 통해 자각하고 성찰하여 자신만의 통찰을 갖추는 것이 상위 1%의 세계에 들어가는 유일한 방법이다. 통찰 없이는 시대의 변화를 절대 읽을 수 없고 세상의 흐름을 알아차리지 못한 사람이 부자가 될 수 없는 것은 당연하다. 다른 사람들보다 앞서가기 위해서 그들은 이 순간에도 책

통찰이 있는 사람은

낯선 세계를 두려워하지 않는다.

그들은 시스템이 완벽하게 갖춰진 세계에선

큰 이익을 얻지 못한다는 것을 알고 있다.

쏟아붓는 시간과 열정에 반해

얻을 수 있는 수확이 작기 때문이다.

이런 이유로 그들은 불확실한 세계를 선호한다.

시스템이 갖춰지지 않았기에

상상하는 만큼 수확할 수 있기 때문이다.

그들은 시스템을 만들고 시장을 장악하는 자가

모든 부와 명예를 독점한다는 공식을 정확하게 알고 있다.

을 읽고 있다는 사실을 알아야 한다.

인간은 본능적으로 불확실한 것을 두려워하고 싫어한다. 잘 알지 못하는 영역에 들어가는 것을 싫어하는 것은 이런 이유 때문이다. 그러나 통찰이 있는 사람은 다르다. 그들은 낯선 세계로 들어가는 것을 두려워하지 않는다. 그들은 시스템이 완벽하게 갖춰진 세계에선 큰 이익을 얻지 못한다는 것을 알고 있다. 쏟아붓는 시간과 열정에 반해 얻을 수 있는 수확이 작기 때문이다. 이런 이유로 그들은 불확실한 세계를 선호한다. 시스템이 갖춰지지 않았기에 상상하는 만큼 수확할 수 있기 때문이다. 그들은 시스템을 만들고 시장을 장악하는 자가 모든 부와 명예를 독점한다는 공식을 정확하게 알고 있다.

이처럼 세상은 언제나 통찰을 갖춘 사람들의 도전으로 인해 끝없이 확장해왔다. 미지의 세계로 뛰어든 그들이 있었기에 오늘날의 문명을 이룰 수 있었다. 만약 그들이 없었다면 우리는 여전히 어두운 동굴에서 살아가고 있을지 모른다. 많은 사람이 밤하늘을 밝힌 달을 올려다보며 신화와 전설을 만들 때 그들은 언젠가 저 달에 발을 내딛는 순간이 온다고 생각했다. 그들이 그런 꿈을 꾸지 않았다면 우린 영원히 우리가 살아가는 세상을 객관적으로 바라볼 수 없었을 것이다.

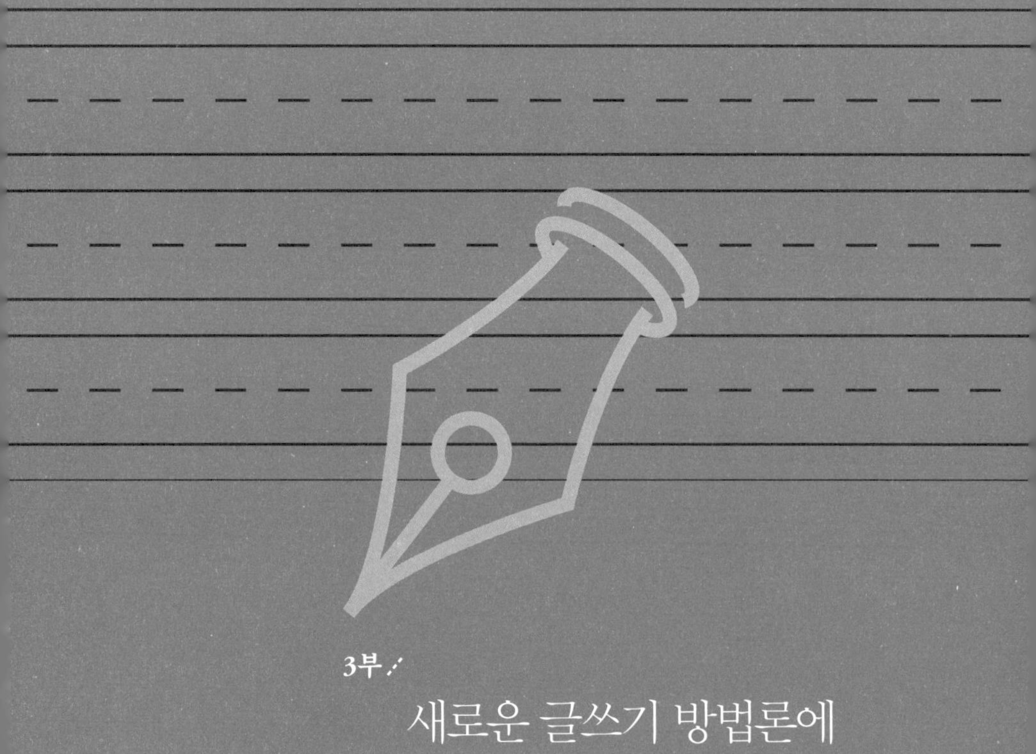

3부 ∕

새로운 글쓰기 방법론에 관하여

수준에 맞지 않는 책을 붙잡고 씨름하는 것보다
가볍게 읽을 수 있는 책부터 시작하여
조금씩 수준을 끌어올리는 것이 중요하다.
너무 심오한 주제나 어려운 소설보다는
우리 주변에서 일어나는 소재를 다룬 소설을 읽는 것이 좋다.
읽다 보면 자신도 모르는 사이에 독서가 습관화된다.
좋은 책 한 권을 읽는 것이 때론 백 명의 사람을 만나는 것보다
세계 각국을 여행하는 것보다 더 깊은 경험이 될 수 있다.

독서, 어떻게 할 것인가?

● 우리가 살아가면서 가장 힘든 것은 무얼까. 사람마다 차이가 있지만, 공통으로 꼽는 것은 인간관계다. 우린 태어나서 죽는 순간까지 끊임없이 사람들을 만나고 헤어진다. 불가에서는 이를 인연因緣이라 한다. 모든 존재는 인연에 의해 생겼다가 인연에 의해 멸한다는 뜻이다.

실제 어떤 사람을 만나는가에 따라 운명이 바뀌는 경우가 수없이 많다. 사람들과의 인연은 특정한 규칙이 없다. 호감이 악연이 되고, 악연이 평생을 함께하는 좋은 관계가 될 수 있기 때문이다. 어쩌다 좋은 관계를 맺었다고 계속 친분을 유지할 수 있는 것도 아니다.

학창시절 우정을 맹세하던 친구들이 시간이 흘러 이름조차 아득한 것은 세상이란 강물이 바위를 휘돌아가고 깊은 소에 갇히는 것처럼 각기 다른 시공간을 살아가기 때문이다. 우린 그렇게 학창시절을 보내고 대학, 군대, 직장, 친목 모임, 사회 활동을 통해 수많은 사람을 만나고 헤어지면서 나이가 들어간다. 그리고 사람과의 만남과 이별에 행복을 느끼고 불행에 빠진다. 친분이 깊지 않은 사람과의 갈등은 관계를 청산하면 해결할 수 있지만 직장 동료와 상사와의 관계 악화는 심각한 스트레스로 작용한다. 가족 관계도 마찬가지다.

한 번의 실수로 관계가 깨어지는 일이 허다하고 상대를 너무 의식하면 자신의 일상이 침해당한다. 자기주장이 강하면 독선적인 사람이고, 침묵하면 기회주의자로 오해받을 수 있고, 지나치게 다가가면 무례하고, 너무 멀어지면 소원해지기에 사람과의 관계를 어느 선까지 유지해야 하는지를 늘 고민해야 한다. 이처럼 인간관계는 고차방정식처럼 복잡하고 어렵다.

작가들은 이런 복잡 미묘한 인간관계를 천착한다. 사랑이 증오로, 호감이 악의로, 미움이 사랑으로, 갈등과 화해, 치유와 복원, 만남과 이별 등 사람들과의 관계에서 어긋나고 틀어진 심리를 예술로 승화 변주한다. 따라서 인간 내면에 숨은 심리를 알지 못한 사람들은 음악과 그림, 시와 소설, 드라마와 영화를 만들 수 없다. 그런데 작가들은 어떻게 잘 드러나지 않는 내면세계를 잘 알고 있는 걸까. 다양한 사람들을 만난 경험일까. 물론 그럴 수 있다. 그러나 앞서 말했듯 일반적인 경험은 한계가 있다.

그렇다면 그들은 어떻게 작품의 토대를 마련하는 걸까. 읽기다. 다양한 분야의 책을 통해 관계에서 소외되는 것을 두려워하고 자신을 드러내고 싶은 인간의 심리를 파악하는 것이다. 그리고 그것을 바탕으로 노래를 만들고 그림을 그리며 시와 소설을 쓰고 드라마와 영화를 만든다.

따라서 모든 분야의 작가들은 기본적으로 책을 읽는 것을 좋아할 수밖에 없다. 수백 수천 명의 사람을 만나도 알 수 없는 내밀한 속마음을 찾아내서 자신의 것으로 만들려면 책을 읽어야 하기 때문이다. 역설적으로 책 읽기를 멀리하는 작가들은 당연히 좋은 작품을 만들어 낼 수 없다.

작년 여름에 출간한 소설 『바람을 만드는 사람』은 어느 날 병원에 갔다가 우연히 읽은 잡지 속 기사를 읽은 것이 발단이었다. 폴커 한트로이커라는 독일 〈슈피겔〉지 기자가 아르헨티나 남부 고원지대 파타고니아의 목동들의 일상을 취재한 기사를 읽는 순간 문득 이들을 주인공으로 한 소설을 쓰고 싶다는 충동이 일어났다.

처음 구상한 소설의 내용은 간단했다. 겨울철이면 목장을 습격하여 양들을 물어 죽이는 퓨마를 사냥하러 갔다가 중상을 입은 한 늙은 목동이 산사태로 전복된 호송차를 탈출하여 고원지대를 헤매던 젊은 사형수와 만나 하룻밤을 보낸다는 이야기였다. 출발은 순조로웠다. 그러나 각기 다른 과거를 가진 두 사람이 만나는 순간 소설은 멈춰버렸다. 돌이켜보면 지구 반대편 파타고니아를 배경으로 한 소설을 시작한 것은 참으로 어리석은 일이었다.

소설을 시작하기 전까지 그곳이 어딘지 몰랐고 그곳에 어떤 사람들이 사는지 알지 못했기 때문이다. 더 정확하게 말하면 그 황량하고 척박한 해발 2,000m 고원지대에서 사람들이 서로 어떤 인간관계를 맺고 살아가는지 알지 못한 것이다. 그걸 깨닫는 순간 늙은 목동에 관한 소설을 쓰겠다는 자신감이 완전히 무너졌다.

소설을 중단한 지 한 달이 지난 어느 날 책 한 권을 선물 받았다.

영국 사우샘프턴대의 철학 교수 레이 몽크가 쓴 루드비히 비트겐슈타인 평전이었다. 비트겐슈타인이 9살 때 자신의 집 문간에서 떠올린 '거짓말을 하는 것이 이로운데도 사람들은 왜 진실을 말해야 하는 걸까'라는 철학적 명제로 시작되는 평전을 밤낮으로 읽기 시작했다.

그리고 정확하게 한 달 뒤 '비트겐슈타인이 추구한 신과의 화해는 가장 엄격한 심판관의 세밀한 검사로부터도 살아남을 수 있는 윤리적 진지함과 성실성의 상태였고, 가장 엄격한 심판관은 바로 그 자신의 양심, 즉 내 가슴속에 사는 신이었다'라는 문장으로 끝나는 벽돌보다 무거운 900페이지에 달하는 평전을 읽었다.

다음 날 책상에 앉아 한 달 동안 덮어놓은 소설을 꺼냈다. 그리고 무언가에 홀린 사람처럼 다시 글을 쓰기 시작했다. 두 다리가 부러진 늙은 목동과 호송차를 탈출한 사형수가 모닥불을 피워 놓고 과거를 회상하는 부분에서 다시 시작했다. 그때부터 이야기는 전혀 예상하지 못한 방향으로 전개되었다. 구상 단계에서 생각지 못한 이야기가 불쑥 끼어든 것이다. 머릿속에 정립되어 있던 플롯이 모래성처럼 무너지고 새로운 이야기가 꼬리를 물고 나타났다. 마치 꽉 막힌 봇물이 터진 것 같았다. 머릿속에서 불꽃이 튀듯 단어와 문장이 쏟아져 나왔다. 이때 처음으로 글을 쓰는 행위가 엄청난 희열을 동반한다는 사실을 깨달았다. 전에 없던 경험이었다.

작가들은 대부분 책상에 앉기까지 많은 시간이 걸린다. 책상을 정리하고, 옛 원고를 뒤적거리고, 손톱을 깎고, 메일함을 뒤져 쓸데없는 것들을 휴지통에 버리고, 그동안 소원했던 친구에게 안부 전화도 한다. 그래도 부족하다고 생각되면 걸레를 들고 방을 청소하기 시작한다. 이런저런 핑계를 대면서 책상에 앉는 시간을 늦추는 것은 결국 창작의 고통과 마주하는 시간을 조금이라도 늦추기 위해서다.

그랬던 내가 아침에 눈을 뜨자마자 책상에 앉아 글을 쓰기 시작한 것이다. 식사 시간이 아깝다는 생각이 든 것도 그때가 처음이었다. 세상 그 무엇도 부럽지 않았다. 글을 쓰는 내내 행복했다. 그것은 한 번도 경험하지 못한 강렬한 지적 희열이었다.

꽉 막혀 있던 소설이 풀리기 시작한 이유는 또 있었다. 일주일에 한두 권씩 계속 읽어온 세계 문학이었다. 즉 전 세계 뛰어난 작가들의 소설 속에서 삶의 보편성을 확인한 것이다.

프랑스 작가 미셸 우엘벡의 소설을 통해 현대 프랑스인들이 겪는 고독과 욕망을 알았고 이언 매큐언의 다양한 작품에서는 영국인들의 죽음에 대한 두려움과 위선을 정육점의 갈고리에 걸린 고깃덩어리처럼 들여다보았다. 오르한 파묵이 수십 년에 걸쳐 쓴 여러 소설에서는 고대 오리엔트 문명에서부터 그리스와 비잔틴과 이슬람 문명이 만나는 이스탄불을 배경으로 살아가는 터키인들의 다양한 삶을 엿보았다. 미국 현대 소설을 대표하는 걸출한 작가 필립 로스의 아메리칸 통사痛史를 통해 미 주류 사회의 한 축을 형성한 유대인들의 욕망과 좌절을 느꼈고 독일 작가 W.G. 제발트의 글에서는 인간이 만들고 스스로 파괴한 문명의 잔해 속을 유령처럼 떠도는 인물들을 만났고, 인도를 떠난 이주민들이 미국 사회에 물방울처럼 스며드는 모습을 줌파 라히리의 소설에서 목격했다.

이밖에도 스페인의 하비에르 마리아스, 이탈리아의 조르조 바사니, 영국의 가즈오 이시구로, 그리스의 니코스 카잔차키스, 칠레의 루이스 세풀베다, 중국의 모옌, 미국의 코맥 매카시와 이창래의 소설에 등장하는 인물들의 행복과 기쁨, 불행과 절망은 우리의 그것과 다르지 않았다. 단지 피부색과 언어만 다를 뿐 추구하는 삶의 본질이 같다는 지극히 평범한 사실을 세계적인 작가들의 글을 통해 깨달은 것이다.

이것은 여행을 통해 얻을 수 있는 경험이 아니었다. 런던의 빅벤과 파리의 에펠 탑, 로마 트레비 분수와 베를린 장벽 앞에서 사진을 찍고 프라도, 오르세, 우피치 미술관에 걸린 르네상스 화가들의 명화를 감상하고 루브르 박물관과 영국 박물관, 베를린의 페르가몬 박물관의 높고 어두운 회랑을 돌아 나와 산 마르코, 세인트 폴, 노트르담 대성당에서 웅장하게 울려 퍼지는 성가를 수백 번 들어도 절대 체감할 수 없는 저들의 내밀한 속살이었다.

한 달 혹은 몇 년을 여행해도 절대 알 수 없는 그들의 사랑과 이별, 미움과 증오, 우정과 배신, 절망과 한탄, 기쁨과 행복이 당대를 대표하는 작가들의 책에 아주 깊고 세밀하게 쓰여 있었다. 유명 음식점과 호텔을 수백 번 찾아가도 절대 드러나지 않는 저들의 은밀한 욕망이 책 속에서 갓 잡힌 물고기처럼 펄떡거리고 있었다.

이때부터 소설에 등장하는 인물들이 현실성을 얻었다. 네레오 코르소, 후안, 아나 같은 낯선 이름을 버리면 소설에 등장하는 사람들은 우리 시장통에서 만나는 평범한 사람들과 다를 바 없었다. 지구 반대편 세상에서 가장 혹독한 바람이 불어오는 고원에서 양을 치고 살아가는 그들과 우리의 욕망이 같기 때문이다. 늙은 목동 네레오 코르소와 젊은 시절 남미 최남단에서 북쪽으로 이어지는 기나긴 여행 중에 만난 수많은 사람도 마찬가지였다. 시대를 달리해서 살아갈 뿐 그들이 추구하는 삶은 오늘의 우리와 똑같았다. 지구 반대편 파타고니아를 배경으로 한 목동의 이야기는 그렇게 완성할 수 있었다.

돌이켜보면 비트겐슈타인의 평전이 꽉 막힌 소설을 풀어준 열쇠였고 세계 각국을 대표하는 작가들의 글에서 발견한 삶의 보편성이 한국인인 내가 아르헨티나 남부 파타고니아에 있는 네레오 코르소라는 목동의 이야기를 완성할 수 있게 해준 것이었다.

3년에 걸친 기나긴 시간 동안 많은 경험을 했다. 그중에서 가장 놀라운 것은 생각지도 못한 단어와 문장이었다. 아침에 눈을 뜨면 머릿속에서 처음 보는 단어와 문장이 폭포수처럼 쏟아졌다. A4용지 두세 장 분량의 글을 급하게 휘갈겨 쓰는 일이 신기했지만 가만 생각하니 이 모든 것이 내 무의식에 침잠한 부산물이란 사실을 깨달았다. 그동안 읽은 책의 정수가 무의식에 가라앉아 있다가 창작 과정을 통해 의식의 표면으로 끌어올려진 것이다. 책상에 앉기 전까지 머릿속에 없던 문장과 이야기가 끝없이 이어지는 것은 그런 이유 때문이다.

우린 책을 읽고 나면 그만이라고 생각한다. 사실 그 말은 틀린 것이 아니다. 처음에는 주인공 이름과 줄거리가 선명하게 기억나지만 시간이 흐르면서 점점 기억에서 사라지기 때문이다. 그러다 몇 년이 지나면 제목조차 기억나지 않는다. 이런 이유로 책을 읽는 행위가 무의미하다고 말하는 사람들도 있다.

그러나 책을 통해 얻은 지식과 정보는 절대 사라지지 않는다. 우리가 의식하지 못할 뿐 책에서 얻은 모든 지식과 정보는 무의식의 공간에 차곡차곡 쌓여 있다. 새로운 기억이나 지식과 정보에 공간을 내줄 뿐 결코 소멸하는 것이 아니다. 이 무의식의 공간에 켜켜이 쌓인 지식과 정보는 살아 있는 화석이다. 이것은 무언가 무의식을 건드리는 행위를 통해 되살아난다. 그리고 의식의 표면으로 끌어올려진 지식과 정보는 새로운 형태로 거듭난다. 오랫동안 무의

책을 통해 얻은 지식과 정보는
절대 사라지지 않는다.

우리가 의식하지 못할 뿐 책에서 얻은 모든 지식과 정보는
무의식의 공간에 차곡차곡 쌓여 있다.
마치 여러 가지 재료가 섞여 발효한 것처럼
책에서 읽은 지식과 정보가 체화과정을 거쳐
자신만의 지식과 정보로 변한 것이다.
이것이 바로 통찰이다.

식에 쌓인 지식과 정보가 섞이고 녹아들어 새로운 형태로 변한 것이다. 마치 여러 가지 재료가 섞여 발효한 것처럼 책에서 읽은 지식과 정보가 체화과정을 거쳐 자신만의 지식과 정보로 변한 것이다. 이것이 바로 통찰이다. 문학에서만 이런 현상이 일어나는 걸까. 그건 아니다. 책을 통해 얻은 통찰은 사업가에겐 새로운 아이템으로, 작곡가에겐 아름다운 음악으로, 의상 디자이너에겐 아름다운 옷으로, 건축가에겐 전에 없는 건축물로, 학자에겐 그 누구도 생각지 못한 새로운 학설로, 요리사에겐 맛있는 음식으로 나타난다. 즉 책을 통해 얻은 통찰이 창조적 영감으로 작동한다는 것이다.

그렇다면 책을 어떻게 접근하는 것이 좋을까. 사실 독서는 개인마다 성향이 다르고 지적 수준의 차이가 있어 어떤 책을 읽어야 한다고 말하기가 어렵다. 언젠가 대학생에게 무라카미 하루키의 『상실의 시대』를 추천한 적이 있다. 그런데 얼마 후에 책을 읽은 소감을 물어보니 책이 너무 어렵고 재미가 없어 도중에 그만두었다고 했다. 나는 그 말을 듣고 고개를 갸웃거렸다. 『상실의 시대』가 연애소설이었기 때문이다. 대학생이 그 책을 끝까지 읽지 못한 것은 독서량이 부족했기 때문이다.

1990년대는 책을 읽지 않으면 대학생 대접을 받기 힘들었다. 그러나 지금은 상황이 많이 달라졌다. 한때 조앤 롤링의 판타지 소설 『해리포터와 불사조 기사단』이 서울대 중앙도서관 대출 순위 4위를 기록하고 같은 작가의 『해리포터와 죽음의 성물』이 퇴계기념 중앙도서관 대출 순위 1위라는 사실이 9시 뉴스에 보도되고, 대학가에서 서점을 찾기가 하늘의 별을 따는 것보다 힘든 세상이 되었다.

사실 독서량이 부족한 사람에게 고전이나 세계 문학을 추천하는 것은 초등학생에게 두툼한 철학 서적을 읽으라고 하는 것과 같다. 책을 읽는 것은 단계적인 순서를 밟는 것이 중요하다. 그래야만 흥미를 잃지 않고 꾸준하게 책을 읽어나갈 수 있기 때문이다.

책을 읽는 것은 습관이다. 습관을 들이지 못하면 집중력이 떨어지고 이는 곧바로 흥미를 잃게 만든다. 따라서 처음부터 자신의 수준에 맞지 않는 책을 붙잡고 씨름하는 것보다 가볍게 읽을 수 있는 책부터 시작하여 조금씩 수준을 끌어올리는 것이 중요하다.

독서로 들어가는 첫 관문은 만화다. 만화가 주는 장점은 무궁무진하다. 만화는 상상력을 마음대로 구현할 수 있다. 역사, 추리, 전기, 평전, 교육, 문학 등 인간이 상상하는 모든 것을 가장 이해하기 쉬운 그림으로 보여줄 수 있다. 거기다 영화나 연극에선 절대 보여줄 수 없는 인물들의 심리묘사를 할 수 있으며 문자로 표현할 수 없는 박진감 넘치는 상황을 그대로 표현할 수 있다. 그리고 작가의 상상력만 필요할 뿐 제작비가 들지 않는다.

따라서 스토리텔링에 흥미를 붙이는 데 가장 적합한 것이 만화다. 물론 어느 장르나 마찬가지지만 만화 역시 좋은 책과 나쁜 책이 존재한다. 너무 자극적인 내용보다는 우리가 현실에서 접하기 어려운 이야기를 구현한 작품을 찾아내서 읽는 것이 중요하다.

만화에 어느 정도 익숙해지면 추리소설로 옮겨간다. 추리소설은 예나 지금이나 많은 사람이 손쉽게 다가갈 수 있는 장르다. 추리소설의 장점은 한번 읽기 시작하면 쉽게 놓을 수 없는 흥미진진함이다. 범인이 남겨 놓은 단서를 근거로 범인을 찾아가는 고전 추리소설부터 요즘 유행하는 사회파 추리소설까지 다양하다.

특히 요즘 출간되는 추리소설은 당대의 사회 문제를 끌고 들어오는 것은 물론이고 치밀한 구성과 속도감 있는 이야기가 필수다. 그래서인지 책을 덮는 순간까지 흥미를 유지할 수 있다. 거기다 책을 읽는 과정에서 다양한 인간군상의 내밀한 심리와 인간관계를 심도 있게 관찰할 수 있는 장점까지 더할 수 있다. 따라서 추리소설은 책을 읽는 재미와 흥미는 물론이고 논리적인 사고력까지 끌어올릴 수 있는 장르다.

추리소설을 어느 정도 읽고 나선 대중소설로 들어간다. 너무 심오한 주제나 어려운 문체로 된 소설보다는 우리 주변에서 일어나는 소재를 다룬 소설을 읽는 것이 좋다. 이런 책을 찾아 조금씩 읽다 보면 자신도 모르는 사이에 독서가 습관화된다. 무료하고 적적할 때 다른 소일거리를 찾는 것이 아니라 뭔가 읽을거리를 찾게 된다.

그러나 지나치게 흥미 위주의 대중소설은 경계할 필요가 있다.

이런 종류의 책은 아무리 많이 읽어도 독서 수준 향상에 도움이 되지 않기 때문이다. 필요 이상의 흥미를 자극하는 소설은 중독성 강한 게임과 같다.

일본의 뇌과학계 권위자인 모리 아키오 교수가 머리에 128개의 센서를 부착하고 책을 읽을 때와 게임을 할 때의 뇌 상태를 확인하는 실험을 했다. 이 실험 결과에 따르면 책을 읽는 실험자의 뇌는 눈에 들어오는 시각 정보를 처리하는 양쪽 후두엽과 언어 이해에 필수적인 측두엽, 그리고 기억력과 사고력 등 인간의 고등 행동을 관장하는 좌뇌의 전두엽 부위가 빠른 속도로 활성화되는 것을 확인했다고 한다. 즉 독서로 인해 활성화된 백색 물질이 각자 다른 일을 하도록 설계된 뇌의 각 부위를 연결하여 상호작용한 것이다.

이에 비해 게임을 하는 사람의 뇌는 쾌락 중추만 반응을 보였다고 한다. 이를 단적으로 표현하면 몰입과 탐닉이다. 탐닉은 글자 그대로 중뇌의 흑질에서 생성되는 도파민만을 요구한다. 이는 게임이 인간의 의식과 사고에 아무런 영향을 주지 못한다는 사실을 의미한다.

그러나 몰입은 다르다. 실험 결과로 알 수 있듯이 우리 뇌를 골고루 활성화해주고 있기 때문이다. 장시간 동안 게임을 하고 나면 머리가 아프고 정신이 흐릿하고 감정이 가라앉는 것은 이런 이유 때문이다. 그러나 좋은 책을 읽고 나면 정신적으로 성숙한 느낌을

좋은 책을 읽고 나면
정신적으로 성숙한 느낌을 받는다.
이런 감정은 곧바로
행복한 감정으로 이어진다.

좋은 책 한 권을 읽는 것이
때론 100명의 사람을 만나는 것보다
세계 각국을 여행하는 것보다
더 깊은 경험이 될 수 있다.

받는다. 이런 감정은 곧바로 행복한 감정으로 이어진다.

독서의 정점은 순문학이다. 순문학은 추리소설처럼 흥미진진하지도 않고 놀라운 반전이 없다. 대중소설처럼 문체도 쉽지 않고 내용도 심오하다. 선명한 줄거리보다는 의식의 흐름이나 심리를 묘사하는 경우가 많다. 이런 이유로 순문학을 읽기 힘들다고 말하는 사람들이 있다. 이야기는 주로 소리, 냄새, 촉각, 느낌, 상상, 지식이 교차하면서 점층적으로 전개된다.

이런 과정을 통해 독자는 서서히 자신과 주인공을 동일시하게 된다. 감정이입이다. 소설 속 주인공의 생각과 행동이 자신이 하는 것처럼 느껴지는 것이다. 동시에 왜 그렇게 생각하는지, 왜 그렇게 행동할 수밖에 없는지를 유추한다.

만약 현실의 내 앞에 이런 상황이 놓인다면 어떻게 할 것인지를 추론하는 것이다. 소설이 허구란 사실을 알면서 내 감정이 파도처럼 일렁거리는 것은 몰입 때문이다. 힘들게 산을 올라간 사람만이 좋은 경치를 볼 수 있듯이 순문학은 자각과 성찰을 이끌어 통찰로 이어지는 중요한 밑거름이 된다. 한 번 읽고 마는 것이 아니라 오랫동안 그 의미를 곱씹는 과정에서 얻은 수많은 재료를 무의식의 공간에 차곡차곡 쌓아둔다는 것이다.

우리가 헤르만 헤세의 『데미안』을 읽으면서 싱클레어의 정신적인 방황에 공감하는 것은 이런 이유 때문이다. 싱클레어가 느끼는 행복과 불행, 고통과 슬픔이 마치 나의 것처럼 느껴지기 때문이다. 이런 감정이입을 통해 독자는 또 한 명의 진정한 자아의 표상인 데미안으로 성장해간다.

스콧 피츠제럴드의 『위대한 개츠비』를 읽은 우리는 데이지를 위해 자신의 모든 것을 희생한 제이 개츠비의 삶을 통해 첫사랑에 대해 진지하게 고찰할 수밖에 없다. 데이지를 향한 개츠비의 사랑이 순수했는지, 아니면 덧없는 집착에 불과한 것인지를 생각하는 것이다. 헤밍웨이의 『노인과 바다』를 읽으며 거대한 물고기를 잡기 위해 홀로 사투를 벌이는 노인은 어떤 존재인지, 상어에게 잡은 물고기 살을 빼앗긴 후에도 절망하지 않는 모습은 무엇을 의미하는지 생각한다.

우리는 이렇게 수많은 작품의 주인공들이 죽음 앞에 서고, 전쟁터의 한복판에 내던져지며, 첫사랑을 위해 자신을 희생하고, 운명의 소용돌이에 휘말려가는 과정을 지켜보며 현실 속의 자신의 모습을 떠올린다. 이는 좋은 책 한 권을 읽는 것이 때론 100명의 사람을 만나는 것보다, 세계 각국을 여행하는 것보다 더 깊은 경험이 될 수 있음을 알려준다. 순문학을 읽고 나면 정신적으로 한 단계 성숙한 느낌을 받는 것은 이 때문이다.

그렇다면 수많은 작품 중에 어떤 책을 골라야 하는 걸까. 묘사와 관찰력이 뛰어나고 새로운 시각과 의문을 제시하는 책을 고르

수많은 작품 중에

어떤 책을 골라야 하는 걸까.

묘사와 관찰력이 뛰어나고

독특한 감성이 느껴지며 기존의 생각을 전복하고

새로운 시각을 제시하는 인간 내면을 직시하는 책을

찾아 읽는 것이 중요하다.

는 것이 좋다. 또 독특한 감성이 느껴지며 기존의 생각을 전복하고 새로운 시각을 제시하는 인간 내면을 직시하는 책을 찾아 읽는 것이 중요하다. 너무 막연하다는 생각이 들 수도 있지만, 만화에서 추리소설로 대중소설에서 순문학에 이르는 길을 따라가면 어떤 책을 읽어야 할지 저절로 알게 된다. 좋은 책을 찾아내는 안목이 자신도 모르는 사이에 길러졌기 때문이다. 따라서 책을 고르는 고민 따위는 하지 않아도 된다.

시간이 없어 한동안 책을 읽지 않다가 갑자기 순문학을 읽으면 좀처럼 진도가 나가지 않는 경우가 있다. 그럴 땐 억지로 읽지 말고 책을 덮는 것이 좋다. 그런 다음 가벼운 만화책을 읽고 추리소설 몇 권을 읽다 보면 어느새 높은 단계의 독서를 할 준비가 되었다는 것을 깨닫는다. 이때 덮어둔 순문학 책을 꺼내 펼치면 쉽게 몰입할 수 있다. 물론 자각과 성찰을 끌어내고 통찰에 이르게 하는 책은 순문학만이 전부는 아니다. 인문도 있고 철학도 있다. 따라서 어떤 책이든 상관없이 꾸준하게 쉬지 않고 읽는 것이 중요하다.

만약 우리에게 상상력이 없었다면 어떻게 되었을까?

그랬다면 문자도 문명도 만들지 못했을 것이다.

지구라는 행성을 볼 수도 없고 달에 발을 들여놓을 수도 없었을 것이다.

자신이 태어난 작은 언덕을 세상의 전부라고 믿는 개미처럼

여전히 무지와 혼돈의 세계에서 살고 있을 것이다.

상상력이 만들어 낸 이야기에 매혹당하는 것은 바로 이런 이유 때문이다.

살아 존재하는 한 끝없이 새로운 이야기를 만들어낼 수밖에 없는 것이

핏속에 아로새겨진 운명이다.

마음을 움직이는 이야기는

상상을 초월하는 부가가치를 만들어 낸다

● 작년 가을 카마쿠라 여행을 계획한 적이 있다. 갑자기 예정에 없던 일이 생기는 바람에 여행은 취소되었지만, 요즘도 이따금 카마쿠라 생각이 불쑥 떠오르곤 한다. 도쿄에서 기차로 1시간 정도 거리에 있는 카마쿠라는 교토처럼 역사적 유물이 많은 것도 아니고 오사카처럼 먹거리가 넘치는 도시가 아니다. 막부 시절에 세워진 사찰 몇 개가 있을 뿐인 일본 어디에서나 흔히 볼 수 있는 인구 17만 명의 작은 해안 도시이다. 그런데도 내가 일본의 유명 관광지를 제쳐두고 카마쿠라를 가보고 싶은 이유는 요시다 아키미의 〈바닷마을 다이어리〉라는 만화 때문이다.

고레에다 히로카즈 감독이 동명 영화로 만든 이 만화의 줄거리는 간단하다. 할머니가 물려준 옛집에서 살아가는 세 자매에게 어느 날 어렸을 때 집을 나간 아버지가 사망했다는 연락이 온다. 얼굴조차 가물가물한 아버지의 장례식에 참석한 세 자매는 아버지와 다른 여자 사이에서 태어난 열세 살짜리 여자 중학생을 만난다. 자신들과 비슷한 처지에 놓인 이복동생에게 연민을 느낀 세 자매는 카마쿠라에 와서 같이 살자고 권유한다. 맏언니인 사치는 시민병원의 간호사로 근무하고 술을 좋아하는 둘째 요시노는 신용금고에서 일한다. 셋째 치카는 히말라야를 동경하는 스포츠용품 점장과 남몰래 만나고 있다. 이 세 자매가 사는 집에 합류한 막내 스즈는 전학 간 학교 축구부에서 선수로 활약한다.

이처럼 〈바닷마을 다이어리〉는 위기에 빠진 주인공이 극적으로 탈출하거나 거대한 음모와 배신이 난무하며, 살인범을 쫓는 형사가 등장하지 않는다. 바닷가 작은 마을에 사는 네 자매의 소소한 일상이 소금 치지 않은 어묵 국물처럼 심심하게 펼쳐질 뿐이다.

그런데도 만화를 한 번 잡으면 쉽게 놓지 못하는 이유는 이 네 자매가 살아가는 모습이 우리와 비슷하기 때문이다. 막내 스즈가 학교 축구부 남학생들과 풋풋한 설렘을 느끼는 모습에선 내가 그 시절로 돌아간 듯 가슴이 두근거리고 남자와 헤어진 요시노가 술 취해 주정을 부리는 모습엔 마치 내가 실연을 당한 듯 가슴 아프고 새로 생긴 병원으로 자리를 옮겨야 할지 고민하는 사치를 통해 우리를 옭아맨 일상의 그늘을 확인한다.

이처럼 네 자매가 다양한 사람들을 만나면서 경험하는 기쁨과 슬픔, 갈등과 이별을 지켜보면서 자신도 모르게 까맣게 잊고 있던 가족들과 자신의 삶을 돌아보는 것이 〈바닷마을 다이어리〉의 가장 큰 매력이라고 할 수 있다. 비행기와 기차를 타고 카마쿠라에 도착한 여행자들이 시가지 곳곳을 어슬렁거리는 것은 축구 시합을 마치고 집으로 돌아가는 스즈와 선술집에서 술에 취한 요시노와 홀로 해변을 거닐며 앞날을 고민하는 사치를 만날지 모른다는 기대 때문이다.

이 작은 해안 도시에는 이들 네 자매만 있는 것은 아니다. 1990

년대 전 세계 젊은이들을 농구 열풍으로 몰고 간 〈슬램덩크〉의 주인공이 돌아다니던 곳도 바로 카마쿠라다.

〈슬램덩크〉를 보고 감동한 사람들이 카마쿠라를 찾아와서 이 거리 저 골목을 헤매고 돌아다니는 것은 역시 〈슬램덩크〉의 주인공들이 땀 냄새를 풀풀 풍기며 골목 어딘가에서 불쑥 나타날지 모른다는 기대감 때문이다. 이렇게 제각기 좋아하는 만화와 영화, 드라마 주인공을 찾아 카마쿠라를 찾아오는 사람은 1년에 내외국인을 합쳐 무려 2,000만 명이다.

카마쿠라와 비슷한 곳이 이탈리아에도 있다. 이탈리아 북부 베르나의 중심인 에르베 광장 근처에 13세기에 지어진 고색창연한 저택이 있다. 바로 그 유명한 셰익스피어의 〈로미오와 줄리엣〉 여주인공 줄리엣이 살던 저택이다.

그러나 모두 알고 있듯 로미오와 줄리엣은 실존 인물이 아니다. 이탈리아 북부를 여행하던 셰익스피어가 이 지방에서 전해져오는 이야기를 듣고 극화한 작품 속 인물들이다. 따라서 당연히 줄리엣이 살던 저택은 현실에 있을 수 없다. 그런데도 줄리엣의 저택이 버젓이 존재하는 것은 베로나 시청 직원들 덕택이다.

밀라노와 베니스 사이에 낀 베로나는 관광객들의 관심에서 벗어난 도시였다. 로마 시대 유물 몇 개와 성당만으론 관광객을 불러들이지 못하는 현실을 타개하려고 시청 직원이 만들어 낸 묘책이

영화나 소설 속에 등장하는 주인공들이
현실에 존재하지 않는 사실을 알면서도
그 먼 곳까지 찾아가는 이유는 과연 무엇일까.
정서적 교감이다.

주인공들이 살아 숨 쉬는 그 공간에서
다시 그 정서를 느끼고 싶어서다.
어쩌면 주인공들의 모습에서
자신의 모습을 발견했기 때문일 수도 있다.
시간의 물결에 흘러간 다시 돌아오지 못할 순수함과
심장이 뛰는 열정을 되찾고 싶어서가 아닐까.

바로 줄리엣의 저택이다. 그들은 에르베 광장 인근에 있는 오래된 주택을 매입한 다음 줄리엣의 저택을 완벽하게 재현했다. 로미오가 사랑의 세레나데를 불렀던 발코니를 만들고 정원에는 줄리엣의 동상을 세웠다. 그러고는 줄리엣 동상의 가슴을 만지면 사랑하는 연인을 만날 수 있고 그 사랑이 오랫동안 깊어진다는 소문을 퍼뜨렸다. 그러자 매일 수만 명의 사람이 베로나를 찾아와서 줄리엣 동상의 가슴을 만지고 간다.

카마쿠라나 베로나를 찾아오는 여행자들은 〈바닷마을 다이어리〉의 네 자매와 〈슬램덩크〉의 주인공들과 〈로미오와 줄리엣〉의 줄리엣이 현실에 존재하지 않는다는 사실을 알고 있다. 그런데도 많은 경비를 들여 그 먼 곳까지 찾아가는 이유는 무엇일까. 정서적 교감이다. 만화와 소설에서 느낀 감정을 눈으로 확인하고 싶은 마음이 사람들을 그 먼 곳까지 찾아가게 만든 것이다. 주인공들이 살아 숨 쉬는 그 공간에서 다시 그 아련한 정서를 느끼고 싶어서다. 어쩌면 주인공들의 모습에서 자신의 모습을 발견했기 때문일 수도 있다. 시간의 물결에 흘러간 다시 돌아오지 못할 순수함과 심장이 뛰는 열정을 되찾고 싶어서가 아닐까. 그래서 비싼 비용을 들여 카마쿠라와 베로나를 찾아가는 것인지도 모른다.

우린 온종일 이야기에 둘러싸여 있다. 아침 출근길 라디오에서 흘러나오는 음악, 점심시간에 찾아간 식당의 음식, 브랜드 커피숍,

퇴근하고 들른 백화점, 드라마, 영화, 소설까지 모두 정교하게 만들어진 이야기이기 때문이다. 따라서 우린 아침에 눈을 뜨고 잠자리에 드는 순간까지 잠시도 이야기에서 벗어날 수 없다.

TV 화면에 이정재와 정우성이 마주 앉아 술잔을 들고 환하게 웃고 있는 장면이 비친다. 배경 음악이 흘러나오고 '우리가 깊어지는 시간'이란 글자가 천천히 떠오른다. 이 광고에 숨겨진 이야기는 무엇일까. 이 광고에는 두 사람이 마시는 술이 성공한 사람들이 선택한 위스키란 이야기가 숨겨져 있다. 이 광고를 한 번이라도 본 사람들은 자신도 모르게 성공과 이 위스키를 등치한다. 그리고 무의식에 침잠한 이 생각은 훗날 어떤 자리에서 위스키를 선택해야 할 순간에 의식의 표면으로 떠올라 작동한다. 실제 성공한 사람들은 이 위스키가 자신을 알려주는 상징물이 되고 성공하지 못한 사람들은 언젠가 그 꿈을 이룰 수 있다는 희망에 이 위스키를 선택한다. 이것이 이 광고에 숨겨진 이야기다.

지방자치단체에서 스토리텔링을 공모하는 것도 같은 맥락이다. 사람들의 마음을 움직이는 이야기가 있다면 베로나와 카마쿠라처럼 유명 관광지가 될 수 있기 때문이다. 부산시가 영화 촬영에 협조를 아끼지 않는 것도 같은 이유다. 영화를 관람한 사람들이 영화 속 공간인 부산을 찾아오면서 자연스럽게 지역경제 활성화로 이어지기 때문이다. 이처럼 우리가 무의식중에 먹고 마시며 입고 찾아가는 공간에는 각기 다른 이야기가 숨겨져 있다. 그리고 그 스토리텔링이 물건을 선택하고 지갑을 열게 만드는 것이다. 그렇다면 정서적으로 공감하는 이야기가 사람들의 마음을 움직이는 이유는 무엇일까. 그것은 우리 핏속에 이야기를 좋아하는 유전자가 깃들어 있기 때문이다.

현생 인류의 조상인 호모 사피엔스에게 가장 두려운 것은 무엇이었을까. 혹독한 추위와 굶주림, 포악한 짐승의 공격, 부족 간의 전쟁 등 여러 가지가 있었을 것이다.

하지만 지금 우리의 뇌와 똑같은 용량을 가진 호모 사피엔스에게 가장 두려운 대상은 불확실성이었다. 태양이 나타났다가 사라지고 달이 뜨고 지며 바람이 불어오고 눈비가 내리는 원리를 짐작조차 할 수 없는 현실을 두려워했다. 이런 이유로 그들은 인과관계를 알 수 없는 자연을 숭배의 대상으로 삼았다. 이 근원적인 두려움은 오늘날까지 면면히 이어져 왔다. 우리가 낯선 공간이나 잘 알지 못하는 사람에게 불안을 느끼는 것은 이런 이유 때문이다.

호모 사피엔스는 불확실성에서 기인한 두려움과 공포를 떨쳐버리기 위해 특별한 방법을 고안했다. 눈에 보이는 사물에 이름을 붙이기 시작한 것이다. 이른바 명명命名 작업이다.

산, 숲, 나무, 풀, 강, 열매, 돌, 바위, 구름, 흙, 바람, 눈, 물이라고 이름을 붙이자 놀랍게도 두려움과 공포가 사라졌다. 인지仁智의 출발이다. 호모 사피엔스는 점차 인식의 영역을 확장해나갔다. 그리고 자신들이 이해할 수 없는 대상은 신이라고 결론을 내렸다. 전지전능한 신은 세상 어떤 일도 가능했다. 따라서 원인과 결과를 생각할 필요가 없었다. 천둥이 치고 벼락이 떨어지며 강물이 범람하고 폭풍이 휘몰아치는 현상을 신의 분노라고 생각했다. 그것 말고는 자연현상을 설명할 방법이 없었다.

이때부터 호모 사피엔스는 범주화하고 추상화한 사물을 경계로 한 세계를 갖게 되었다. 사물의 신격화神格化와 명명을 통해 불확실성에 벗어나서 나름 규칙과 질서를 갖춘 세계 안에서 살아갈 수 있게 된 것이다. 그런데도 여전히 호모 사피엔스가 인식한 세계는 협소했다. 개미가 자신이 태어나고 죽어가는 작은 언덕을 세상의 전부라고 생각하는 것과 같았다. 따라서 호모 사피엔스가 인식하지 못한 공간은 불확실한 미지의 세계였다.

호모 사피엔스는 자신들보다 체력이 월등하게 뛰어난 네안데르탈인을 어떻게 물리치고 지구 최후의 승자가 된 걸까. 많은 이유가 있지만, 에너지와 효율성, 사냥방식의 차이로 압축할 수 있다. 수십만 년 동안 척박한 환경에서 생존을 이어온 네안데르탈인은 자신들의 체격에 걸맞는 무거운 창으로 사냥을 했다. 단 하나의 창으로 근접 사냥하는 방식은 부상자가 많이 생길 수밖에 없었다.

반면 호모 사피엔스는 가벼운 투창을 사용했다. 따라서 사냥감에 근접하지 않고 가벼운 창으로 여러 차례 공격할 수 있었다. 그리고 네안데르탈인은 매일 육식으로 5,000cal를 섭취해야 하지만 호모 사피엔스는 나무 열매와 바다 생물까지 먹는 잡식성이며 현대인과 비슷한 2,500cal만 먹으면 그만이었다. 에너지의 효율성에서 큰 격차를 보인 것이다.

두 종種이 근본적으로 다른 것은 대서양 연안에서 우랄산맥에 이르는 광활한 유럽 대륙에 산재한 네안데르탈인이 불과 10여 명 내외의 가족 단위로 생활하는 것과 달리 호모 사피엔스는 집단생활을 영위했다. 따라서 교류가 제한적인 네안데르탈인과 달리 취락을 이룬 호모 사피엔스는 지식과 정보를 쉽게 공유할 수 있었다. 짐승의 가죽을 벗겨 바늘로 옷을 만들어 입고 혹한을 견뎌 낸 것은 지식과 정보를 공유한 결과였다.

그러나 호모 사피엔스가 네안데르탈인을 물리친 비결은 따로 있었다. 바로 상상력이었다. 이 상상력이야말로 호모 사피엔스가 인류의 유일한 종으로 살아남은 결정적인 요인이었다.

가족 단위의 생활은 의사 결정이 빠르고 행동 또한 즉각적으로 이루어진다. 그에 반해 집단생활은 많은 구성원으로 인해 여러 가지 문제가 필연적으로 발생할 수밖에 없다. 사냥을 언제 나갈지, 누가 어떤 역할을 맡을 것인지, 사냥감은 어떻게 배분할 것인지 하는 사소한 문제부터 공동체의 생존을 위해 어떤 방식으로 질서를 유지하고 화합을 도모할 것인지 하는 복잡하고 다양한 문제가 나타난다.

초기에는 이런 문제를 해결하기 위해 무력을 사용했다. 그러나 수많은 시행착오 끝에 그들은 집단 내의 분쟁을 원만하게 해결하는 방법이 대화라는 사실을 깨달았다. 지식과 정보를 전달하고 공유하는 데 유용하게 사용되던 말의 중요성이 한층 더 커진 것이다. 해가 저물어 동굴로 돌아온 그들은 하루 동안 있었던 일들을 두런두런 이야기하며 잠이 들었다. 이것은 하루를 마무리하는 그들의 큰 즐거움이었다.

어느 날 한 사람이 상상력을 동원하여 밤하늘에 뜬 달에 관한 이야기를 들려주었다. 달의 전설과 신화가 만들어진 것이다. 그가 들려주는 흥미진진한 이야기에 심취한 사람들은 자신에게도 상상력이 있다는 사실을 깨닫고는 새로운 이야기를 만들기 시작했다. 상상력의 전이와 증폭이다.

이때부터 그들은 이야기가 자신의 존재를 드러내는 특별한 도구가 되는 것과 동시에 자기의 생각을 이야기로 풀어내면 사람들이 쉽게 이해하고 오랫동안 기억한다는 사실을 알게 되었다. 이렇게 해서 인류의 발길이 닿은 곳마다 신화와 전설이 탄생하게 되었다. 이처럼 이야기는 고대인들과 떼어 놓을 수 없는 가장 중요한 삶의 일부였다. 그리고 이야기를 만드는 데 필요한 상상력은 인류를 미지의 세계로 안내하는 원동력이 되었다.

어느 날 한 사람이 높은 언덕에 올라갔다. 사냥감을 찾기 위해서 아니면 호기심 때문일 수도 있다. 여느 날보다 더 높은 곳에 올라간 그의 눈에 아득한 지평선 너머의 세상이 선명하게 들어왔다. 새파란 하늘 아래 드러난 미지의 세계는 그의 마음에 작은 파문을 일으킨다. 그는 상상한다. 한 번도 가보지 못한 저곳은 어떤 세상일까. 저곳에는 어떤 사람들과 어떤 짐승들이 사는 걸까. 그의 상상력은 거대한 구름 기둥처럼 점차 부풀어 올랐다.

얼마 후 그는 자신과 비슷한 생각을 하는 사람들이 꽤 있다는 사실을 알게 된다. 마침내 그는 자기 생각에 동조하는 사람들과 함께 미지의 세계를 향해 나아간다. 모든 것이 익숙한 삶의 터전을 떠나 불확실한 세계로 들어가는 일은 결코 쉬운 일이 아니다. 그런데도 그들이 불안과 두려움을 떨치고 미지의 세계로 들어간 것은 상상력이 있었기 때문이다. 저 아득한 들판 너머에 더 안전하고 안락한 세상이 있을 거라고 상상하며 한 걸음씩 나아간 것이다.

아프리카를 떠나 유럽 대륙으로 들어간 그들은 동아시아와 시베리아로 이동했다. 그리고 베링 해협을 넘어 아메리카 대륙으로 들어가서 계속 남하한 그들은 마침내 지구의 땅끝에 도착한다. 수만 년 동안 이어진 인류의 대여정이 끝나는 순간이었다.

유럽을 떠난 인류가 남미 최남단 지구의 땅끝 티에라 델 푸에고섬까지 간 이유는 무엇일까. 단순한 호기심 때문일까. 아니면 사냥감을 쫓아서 간 걸까. 상상력이다. 인간의 무한한 상상력이 불안과 두려움을 극복하고 수만 년에 걸쳐 지구의 땅끝까지 나아가게 만든 것이다.

만약 우리에게 상상력이 없었다면 어떻게 되었을까. 그랬다면 우린 문자도 문명도 만들지 못했다. 지구라는 행성을 객관적으로 볼 수 없었고 달에 발을 들여놓을 수 없었을 것이다. 722kg짜리 우주 탐사선 보이저 1호가 태양계를 벗어나서 성간 공간으로 나아가지 못했을 것이다. 상상력이 없었다면 인간은 자신이 태어난 작은 언덕을 세상의 전부라고 믿는 개미처럼 여전히 무지와 혼돈의 세계에서 살고 있을 것이 분명하다.

우리가 이야기에 매혹당하는 것은 바로 이런 이유 때문이다. 따라서 살아 존재하는 한 끝없이 새로운 이야기를 만들어 낼 수밖에 없는 것이 우리 핏속에 아로새겨진 운명이다.

인류의 역사는 상상력으로 미지의 영역을 개척한 사람들의 기록이다. 모든 사람이 안락한 삶의 터전에 정주할 때 그들은 상상력만으로 남들이 가지 않는 길을 나아갔다. 우리 인식의 지평은 그렇게 확장했고 세상은 언제나 그렇게 발전해왔다.

이렇게 고대에서 현대로 한순간도 멈추지 않고 이어져 온 이야기의 가치는 얼마나 되는 걸까. 몇 가지 사례를 통해 우리의 삶과 만약 상상력이 없었다면 어떻게 되었을까.
여전히 무지와 혼돈의 세계에서
살고 있을 것이 분명하다.
역사는 상상력으로 미지의 영역을
개척한 사람들의 기록이다.

모든 사람이 안락한 삶의 터전에 정주할 때
그들은 상상력만으로 남들이 가지 않는 길을 나아갔다.
우리 인식의 지평은 그렇게 확장했고
세상은 언제나 그렇게 발전해왔다.

한 몸인 이야기의 가치를 살펴보자.

1928년 〈증기선 윌리〉로 데뷔한 이래 지난 80여 년간 애니메이션 장르의 상징이 된 월트 디즈니가 미키 마우스 캐릭터 하나로 벌어들이는 수입이 1년에 6조다. 어린이들이 좋아하는 곰돌이 푸의 브랜드 가치는 170억 달러다. 조앤 롤링의 소설 『해리포터』는 전 세계 200개국 79개 언어로 번역되어 약 4억 5,000만 부의 판매기록을 세웠다. 영화로 만들어진 해리포터 시리즈는 총 70억 달러의 수익을 올렸다.

이처럼 우리는 사람의 마음을 움직이는 이야기가 분야에 상관없이 상상을 초월하는 부가가치를 만들어 낸다는 사실을 확인할 수 있다. 문자가 없던 시절 이야기는 말로 전달되었다. 그러나 문자가 만들어진 이후부터는 이야기는 활자로 퍼져나갔다. 이것은 지구상에 인간이 존재하는 한 영원히 계속될 것이다.

결국 글을 읽는 것은 다른 사람의 이야기를 듣는 것이며 글을 쓰는 것은 내 이야기를 다른 사람들에게 들려주는 행위다.

어떤 글을 써야 한다는 강박에 사로잡히지 말고

머릿속에서 떠오르는 생각을 문자로 쓰자.

그렇게 쓴 글이 짧으면 시가 되고 길면 에세이가 된다.

처음에는 글을 쓰는 것이 어색해서 아무것도 쓸 수 없을지 모른다.

그럴 땐 그냥 생각나는 단어 몇 개라도 쓰면 된다.

우린 지금 세상이 뒤집어지는 시와 소설을 쓰려는 것이 아니다.

생각을 명료하게 표현하고 전달하기 위해서 글을 쓰는 것이다.

무엇을 어떻게 쓸 것인가?

● 요즘 서점에 가면 글쓰기 관련 책이 산더미처럼 쌓여 있다. 주변을 돌아보면 글쓰기 관련 강좌가 넘쳐난다. 언제부터 이런 현상이 생겨난 걸까.

인터넷이 없던 시절 글쓰기는 지식인들의 전문적인 영역이었다. 대중은 그들이 생산한 글을 소비할 뿐 이의를 제기할 수 없는 일방통행식의 구조였다. 그런데 인터넷의 등장으로 이런 고착된 시스템이 완전히 붕괴하고 말았다. 지식인들이 생산한 글에 대중이 댓글로 찬반의사를 표명하고 자기 의견을 글로 써서 인터넷 카페와 블로그에 올리기 시작한 것이다.

이때부터 글의 소비 구조는 일방통행에서 양방향으로 전환되었다. 그러나 여기에도 만족하지 못한 대중은 급기야 새로운 플랫폼을 이용하여 직접 콘텐츠를 생산하기 시작했다.

소비자로 머무르던 대중이 지식과 정보를 공급하는 주체로 나선 것이다. 이는 그동안 지식인들이 자신들의 이익을 위해 지식과 정보를 왜곡해온 사실이 드러났기 때문이다. 이에 반발한 대중들은 직접 만든 콘텐츠를 더 선호하고 신뢰하기 시작했다. 페이스북이나 인스타그램 같은 SNS의 일상화는 자기 의사나 감정을 글로 자유롭게 표현할 수 있는 수단으로 부상했다.

말과 글의 차이는 무엇일까. 우선 말은 정보 전달에 한계가 있다. 예전 TV 프로그램 〈가족오락관〉의 '고요 속의 외침'이란 게임을 보면 첫 번째 사람이 전달한 단어가 마지막 사람의 입에서 전혀 예상치 못한 단어로 나타난다. 물론 귀를 막고 입 모양으로 단어를 읽기 때문에 나타난 현상이다. 그러나 말은 이 게임처럼 전달 과정에서 왜곡되고 부풀려지기 쉽다. 결과적으로 정확하게 전달되기 어렵다는 것이다. 책이나 영화를 보고 간단한 줄거리는 전달할 수 있지만 등장인물의 심리를 세밀하게 묘사할 수 없는 것은 구어체의 한계성 때문이다. 이런 이유로 말은 신화와 전설이 되었고 문자는 역사가 되었다.

이에 반해 문어체는 그야말로 무궁무진하다. 따라서 글은 풍부한 단어와 문장으로 자기 논리를 정연하게 펼칠 수 있는 장점을 갖고 있다. 독자들이 작가들의 문체를 쉽게 구분할 수 있는 것은 그들이 자신이 선호하는 단어로 문장을 만들기 때문이다.

글을 쓰는 것은 지식과 정보를 체계적으로 정리하는 행위다. 즉 무의식의 창고에 뒤죽박죽으로 쌓아둔 지식과 정보를 분류하고 재구성하는 작업이다. 아무리 좋은 재료가 있어도 필요할 때 사용할 수 없으면 무용지물인 것처럼 무의식의 창고에 마구잡이로 쌓아놓은 지식과 정보도 마찬가지다. 유사시를 대비해서 적재적소에 사용할 수 있게 하는 것이 바로 글쓰기다. 무의식의 창고는 어떻게 정리하는 것이 좋을까. 즉 어떻게 하면 글을 잘 쓸 수 있는 걸까.

사람들이 좋은 글을 쓰지 못하는 이유는 자기 생각을 체계적으

좋은 글을 쓰지 못하는 이유는
자기 생각을 체계적으로 써 본 적이 없기 때문이다.

피아노를 처음 치는 사람이 좋은 곡을 칠 수 없고,

오늘 붓을 든 사람이 좋은 그림을 그릴 수 없는 것처럼

글도 마찬가지다.

좋은 글을 쓰기 위해선 숙련 과정이 필요하다.

무라카미 하루키는

장편소설을 쓸 때마다 여섯 번 퇴고한다고 밝혔다.

수많은 고쳐 쓰기 과정을 통해

한 편의 소설을 완성한다는 뜻이다.

로 써 본 적이 없기 때문이다. 피아노를 처음 치는 사람이 좋은 곡을 칠 수 없고, 오늘 붓을 든 사람이 좋은 그림을 그릴 수 없는 것처럼 글도 마찬가지다.

좋은 글을 쓰기 위해선 숙련 과정이 필요하다. 만약 피아노 건반을 처음 만졌는데 아름다운 연주를 하고 붓을 처음 들었는데 감탄을 자아내는 그림을 그렸다면 그 사람은 천재다. 그러나 세상에 이런 천재는 많지 않다. 그들을 제외한 나머지 사람들은 순서를 밟아가야 한다. 그리고 어느 순간이 되면 심금을 울리는 연주를 하고 한 폭의 아름다운 그림을 그려낼 수 있는 것이다.

무라카미 하루키는 장편소설을 쓸 때마다 여섯 번 퇴고한다고 밝혔다. 아무리 글을 잘 쓰는 사람도 말도 안 되는 초고를 놓고 수많은 고쳐 쓰기 과정을 통해 한 편의 소설을 완성한다는 뜻이다.

고쳐 쓰는 과정에서 심혈을 기울여 쓴 문장이 통째로 날아가고 전혀 예상치 못한 이야기가 나타나는 것은 부지기수다. 오히려 이런 과정에서 글을 쓰는 목적과 방향성이 뚜렷해지고 글을 끌고 나가는 힘을 얻기도 한다. 우리가 읽고 감동한 좋은 글은 모두 이렇게 지루한 고쳐 쓰기를 통해 만들어진 것이다.

어쨌든 단 한걸음에 정상에 올라가는 방법은 없다. 조금씩 꾸준히 글을 쓰는 것만이 좋은 글을 쓰는 비결이다. 하버드가 학생들에게 졸업할 때까지 종이 무게로 50kg이 넘는 글을 쓰게 하는 것도 이런 일련의 과정이다. 배우고, 쓰고, 피드백 받고, 고쳐 쓰는 과정을 수없이 반복하면서 점차 자기 생각을 글로 정확하고 효과적으로 전달하는 방법을 터득하는 것이다.

그렇다면 하버드생이 아닌 우리는 어떻게 글을 써야 하는 걸까. 우선 언제나 휴대할 수 있는 좋은 노트와 필기구를 장만하자. 집에 널린 게 노트고 펜인데 굳이 새로 장만할 필요가 있느냐고 반문할 수 있다. 좋은 노트와 필기구를 새로 사는 것은 사치와 낭비가 아니다. 티셔츠 한 벌 값도 안 되는 돈이 장차 내 인생 자체를 바꿔줄 수 있기 때문이다.

그런 다음 늘 노트를 갖고 다니며 머릿속에 떠오르는 생각을 글로 옮겨 보자. 형식이나 내용은 중요하지 않다. 어떤 사물이나 사람을 보고 느낀 감정을 솔직하게 쓰면 된다.

아침 출근길에 만난 길고양이, 버려진 쓰레기 더미에서 발견한 오래된 물건, 버스 정류장에서 만난 낯선 사람, 점심을 먹을 때 불쑥 떠오르는 생각, 퇴근길에 들른 서점에서 만난 옛사람에 관한 추억, 책을 읽고 난 뒤에 떠오르는 단상, 영화를 보고 난 뒤의 생각, 그땐 몰랐으나 이 순간에 깨닫는 것들을 글로 옮기자.

불과 몇 줄밖에 생각나지 않아도 좋다. 글을 써야 한다는 강박에 사로잡히지 말고 편하게 머릿속에서 떠오르는 생각을 문자로 쓰자. 그렇게 쓴 글이 짧으면 시가 되고 길면 에세이가 된다.

다만 오늘 날씨가 어떻고 언제 일어나서 누굴 만나 무얼 했다는 글은 지양해야 한다. 아침부터 저녁까지 자신의 행적을 기록한 글은 글쓰기에 아무런 도움이 되지 않는다.

처음에는 글을 쓰는 것이 어색해서 아무것도 쓸 수 없을지 모른다. 그럴 땐 그냥 생각나는 단어 몇 개라도 쓰면 된다. 우린 지금 세상이 뒤집어지는 시와 소설을 쓰려는 것이 아니다. 내 생각을 명료하게 표현하고 전달하기 위해서 글을 쓰는 것이다. 그리고 글을 쓰는 습관을 몸에 익히기 위해 글을 쓴다.

고등학교 1학년 때 우연히 『머나먼 쏭바강』이란 소설을 읽었다. 그전까지 주로 추리소설을 읽다가 처음 순문학 소설을 접했다. 소설을 한창 읽는데 머릿속에서 무언가 꿈틀거렸다. 마지막 페이지를 덮는 순간 글을 쓰고 싶다는 충동이 일어났다. 문을 박차고 달려나가 원고지 한 묶음을 사서 돌아와 책상에 앉았다. 그리고 펜을 든 순간 그대로 얼어붙었다. 원고지를 들고 집으로 달려오는 동안 머릿속에서 소용돌이치던 문장이 흔적도 없이 사라진 것이다. 원고지 빈칸을 뚫어지게 노려봤지만, 단어와 문장은 끝내 돌아오지 않았다. 그날 나는 원고지 첫 장에 구두점 하나 찍지 못하고 글쓰기를 포기했다.

당시 읽은 소설이 내 안의 무언가를 건드린 것이다. 그러나 일기조차 쓴 적이 없으면서 글을 쓴다고 달려든 것은 어리석은 생각이었다. 걷지도 못하면서 하늘을 날려고 한 것이다. 어떤 형식의 글을 쓰기 위해선 글을 익숙하게 다룰 수 있는 기간이 필요하다는 사실을 훗날에야 깨달았다.

신춘문예나 문학전문지를 통해 등단하는 작가들의 평균 습작 기간은 10년이다. 물론 운 좋게 처음 쓴 글이 당선하는 작가도 있다. 그러나 그런 작가들도 뒤늦게 그 정도 시간을 보내야만 자신만의 문체로 좋은 글을 쓸 수 있다.

그렇다면 우리는 언제 자신이 원하는 글을 잘 쓸 수 있는 걸까. 적어도 일상의 단상을 기록한 노트가 5권 정도 되었을 때 본격적인 글쓰기를 할 수 있다고 생각한다. 이 정도 되면 아무리 감이 늦은 사람도 어느 정도 문장을 다룰 수 있기 때문이다. 작가들의 10년 습작에 비하면 노트 5권을 쓰는 것은 그리 힘든 일은 아니다. 시간이 정해진 것도 아닐뿐더러 특정한 글을 써야 한다는 부담이나 압박이 없기 때문이다. 그저 생각나는 대로 편하게 쓰다 보면 얼마 지나지 않아 완성할 수 있다.

어쨌든 자기 생각을 쓴 노트가 5권 정도 되면 그때부턴 한 가지 주제를 놓고 글을 논리적으로 쓴다. 관념적인 것에 관한 생각도 좋다. 가령 주변에서 목격하는 행복과 불행, 갈등과 봉합, 사랑과 고통에 관한 것을 차분하게 서술한다.

처음에는 자신의 글이 마음에 들지 않을 수 있다. 가시적인 성장 우리는 언제 자신이 원하는 글을 잘 쓸 수 있는 걸까.

적어도 일상의 단상을 기록한 노트가

5권 정도 되었을 때

본격적인 글쓰기를 할 수 있다고 생각한다.

작가들의 10년 습작에 비하면 그리 힘든 일은 아니다.

이 나타나지 않아 답답하고 지루할 수 있다. 그러나 지금 내가 쓴 글이 성에 차지 않는다고 실망할 필요는 없다. 느리고 답답하게 나아가던 글이 임계점에 도달하는 순간 폭발하듯 가속도를 올리기 때문이다.

글을 쓸 때 주의해야 할 것은 시점視點이다. 우리가 읽는 책들의 주제는 대부분 비슷하다. 작가들도 우리가 살아가는 세상에 관한 글을 쓰기 때문이다. 그런데도 모든 글이 다르게 읽히는 것은 글을 쓰는 시점이 전부 다르기 때문이다.

사과나무 한 그루가 있다고 하자. 사람마다 사과나무를 보는 시점은 각기 다르다. 주렁주렁 매달린 사과를 보는 사람이 있고 이리저리 뻗어 나간 나뭇가지를 보는 사람도 있다. 사람들은 이렇게 자신이 본 것을 토대로 글을 쓴다.

그러나 눈에 보이지 않는 뿌리를 보려는 사람도 있다. 즉 모든 사람이 무심히 지나치는 이면裏面을 보는 것이다. 그들이 바로 작가다. 사물의 외피가 아닌 내면을 상상하며 글을 쓰는 것이 작가들의 시점이다.

따라서 어떤 형식의 글이든 자신만의 시점을 찾아내는 것이 중요하다. 그것은 곧 세상을 바라보는 자신의 가치관과 세계관이다. 작가들은 세상 그 누구도 보지 못한 시점을 발견하는 순간 글을 쓰고 싶은 충동을 느낀다.

작년 가을 일본 알펜루트를 다녀왔다. 다테야마역에서 구로베댐까지 가기 위해선 케이블카, 버스, 트롤리버스, 로프웨이 같은 다양한 운송 수단을 이용해야 했다.

해발 3,000m로 올라가는 버스 차창 너머로 보이는 고원지대 풍경은 아름다웠다. 관광객들을 가득 태운 버스는 고원 중간쯤 버스가 멈추고 잠시 경치를 감상할 시간을 주었다.

사람들은 차창 너머 펼쳐진 절경을 보고 감탄사를 터뜨렸다. 나 역시 그런 사람 중 하나였지만 마음 한편으로 뭔가 정형화된 풍경을 보는 듯한 느낌이 들었다. 그래서일까. 내려갈 땐 버스를 타지 않았다. 고원지대를 두 발로 걸어보고 싶어서였다.

예상대로 버스 안에서 바라본 고원과 두 발로 걸어 내려올 때의 고원의 풍광은 확연하게 달랐다. 낮게 엎드린 잡목과 누군가 의도적으로 배치한 듯한 크고 작은 바위 사이로 구불구불 이어진 길은 분명 버스 차창으로 바라보던 풍경과 달랐다. 굽이치는 능선으로 불어오는 바람과 새파란 하늘에 걸린 구름은 벽에 걸린 풍경화가 아니었다.

2시간 동안 완만한 구릉지를 연상하는 고원지대를 걸어 내려오면서 비로소 나는 이 먼 곳을 찾아온 목적을 달성했다는 생각이 들었다. 나는 높은 산중에 있는 구로베댐을 보러 알펜루트를 찾아온 것이 아니었다. 한국에서 볼 수 없는 압도적인 자연 풍광을 보기 위해 이곳을 찾아온 것이었다. 고원지대의 차가운 바람과 햇빛과 수천 년 고목과 겨울로 진입하는 계절을 보기 위해 알펜루트를 찾아온 것이었다. 내가 원한 것은 결코 이동 수단을 타고 흔하게 볼 수 있는 정경이 아닌, 쉽게 체험할 수 없는 것들이었다.

그날 내가 버스를 탄 사람들과 다른 풍경을 본 것은 시점을 달리했기 때문이었다. 글도 마찬가지다. 자신만의 시점이 중요하다. 그 시점은 글을 쓰는 사람의 개성이며 독특한 장점으로 이어진다. 따라서 어떤 사물이나 현상을 그냥 지켜보는 것이 아니라 추론하고 상상하며 남들이 보지 못하는 부분을 보려고 할 때 비로소 자기만의 시점을 찾아낼 수 있다.

집필 기간이 몇 년씩 걸리는 장편소설은 끝을 맺는 순간까지 마음을 놓을 수 없다. 짧은 글은 간단하게 수정할 수 있지만 1,000매가 넘어가는 소설은 단어 하나 문장 한 줄까지 서로 유기적으로 얽혀 있기에 방향을 잃거나 글이 막힐 때의 상심은 말로 표현할 수 없다. 그동안 쏟은 시간과 열정을 생각하면 중도에 포기할 수도 없다. 이에 작가들은 머릿속이 백지장처럼 아무것도 생각나지 않는 순간을 가장 두려워한다. 나의 경우 이런 상황을 벗어나는 방법은 두 가지다.

첫 번째는 원고를 덮어놓고 독서를 한다. 다른 작가들의 글을 읽다 발견한 단어와 문장에서 갑자기 꽉 막힌 소설이 실타래처럼 풀 자신만의 시점을 찾아내는 것이 중요하다.
그것은 곧 세상을 바라보는
자신의 가치관과 세계관이다.

그 시점은 글쓴이의 개성이며 독특한 장점으로 이어진다.
사물이나 현상을 그냥 지켜보는 것이 아니라
추론하고 상상하며 남들이 보지 못하는 부분을 보려고 할 때
비로소 자기만의 시점을 찾아낼 수 있다.

린다. 때론 이런 방법도 통하지 않을 때가 있다.

수년 전 강원도 원주 토지문화관에서 그런 상황과 맞닥뜨린 적이 있다. 보통은 하루 정도 책을 읽으면 글이 풀리는데 그땐 도무지 길이 열리지 않았다. 이틀을 멍하게 보내고 나자 뭔가 출구를 찾아야 한다는 생각이 들었다. 사흘째 아침 원주 시외버스터미널로 갔다. 그렇게 버스를 두 번 갈아타고 도착한 곳이 오대산 월정사였다. 일주문을 통과하여 경내를 돌아본 나는 월정사 가장 뒤쪽에 있는 요사채 옆으로 흐르는 개울가에 앉았다. 전나무 아래 앉아 개울물이 흘러가는 모습을 지켜보다 월정사를 돌아 나온 것은 해가 저물어갈 무렵이었다. 평일 오후 어둠이 내려앉는 정류장에서 마지막 버스를 기다리는 사람은 나밖에 없었다. 사하촌 상점이 하나둘 문을 닫기 시작할 때 버스가 도착했다. 진부에서 버스를 갈아타고 원주로 향하는 길에서 본 밤풍경이 지금도 손에 잡힐 듯 선명하다. 어쨌든 다음날 글을 다시 이어나갈 수 있었으니 그날 월정사를 찾아간 것은 옳은 선택이었다.

두 번째는 쓸 내용이 머릿속에만 맴돌고 밖으로 나오지 않을 때다. 앞선 경우보다는 낫지만 고통스럽긴 마찬가지다. 이럴 땐 무리해서 글을 쓰지 말고 머릿속에 떠오르는 단어를 종이에 적어본다. 단어는 문장을 만드는 재료다. 즉 재료를 펼쳐 놓고 만들 요리를 상상해보는 것이다. 단어와 단어를 더하고 빼서 조합하는 과정을 서너 번 되풀이하면 의외로 쉽게 글이 풀린다. 이것은 연상작용을 통한 실마리 풀기라고 할 수 있다.

물론 이와 같은 방법이 모든 사람에게 통용될지는 모르겠다. 하지만 머릿속에서 뭔가 어른거리기만 할 뿐 글이 잘 풀리지 않을 때 아주 유용하게 사용할 수 있는 방법이다.

필사도 글 실력을 끌어올리는 방법이다. 요즘은 모르지만 오래전에 등단한 작가 중에는 전범이 될 만한 작품을 골라 필사했다는 사람들이 많았다. 물론 필사는 분량이 긴 장편소설은 불가능하다. 그래서 주로 원고지 100매 내외의 단편소설을 대상으로 한다. 필사의 장점은 다른 사람의 글을 그대로 옮겨 쓰는 과정에서 작가의 의도를 완벽하게 분석할 수 있다는 것이다. 플롯은 물론이고 주제를 풀어가는 방법을 필사를 통해 파악할 수 있다.

독서량이 많은데도 불구하고 글이 잘 풀리지 않는다는 사람들이 있다. 앞에서 말한 것처럼 책을 읽는 것은 질 좋은 재료를 무의식의 창고에 저장하는 행위다. 그러나 아무리 좋은 재료를 산더미처럼 쌓아 놓아도 맛있는 음식은 저절로 만들어지지 않는다. 구슬이 서 말이라도 꿰어야 하는 것처럼 좋은 재료를 적재적소에 사용하지 못하면 무용지물이다. 글을 끝까지 쓰지 못하고 중도에 그만두는 것은 자기 글이 눈높이에 미치지 못하기 때문이다. 즉 글을 잘 쓰는 작가들의 글만 읽다 보니 웬만큼 수준이 되지 않는 작품은 눈에 들어오지 않는 것이다. 이런 습관이 몸에 배어 있으니 자신이 쓴 글이 마음에 들지 않는 것이다. 이것이 글을 완성하지 못하는 이유다.

읽기도 그렇지만 쓰는 것도 단계를 거쳐야 한다. 여기서 중요한 것은 완성이다. 중도에 그만두고 새로운 글을 써봤자 다음 단계로 나아갈 수 없다. 짧은 글이든 긴 글이든 끝까지 완성해야 내 글의 장단점을 정확하게 파악할 수 있다. 그래야만 다른 글을 쓸 때 같은 실수를 반복하지 않는다. 이것이 바로 한 단계 나아가는 방법이다. 몇 장 쓰고 그만두는 일을 수백 수천 번 반복해봤자 다음 단계로 넘어갈 수 없다.

이런 문제를 해결하기 위해선 자신의 눈높이를 낮춰야 한다. 좋은 글에도 단점이 있고 나쁜 글에도 장점이 있다. 아무리 수준에 미달한 글이라도 뭔가 한 가지 배울 것은 있다. 목적지에 도달하기 위해선 앞으로 나아가야 한다. 즉 한 발을 움직여야 다음 발을 내디딜 수 있다.

따라서 지금 비록 보잘것없는 글이라 해도 완성했다는 사실이 중요하다. 그리고 다음번 글을 쓸 때는 같은 실수를 되풀이하지 않는 것이 바로 숙련의 과정이다.

읽기와 쓰기는 동전의 양면과 같다. 물론 읽기와 쓰기는 분명한 차이가 있다. 그리고 이 두 가지가 적절한 조화를 이루었을 때 좋은 글이 나온다. 어쨌든 이런 분들은 조금만 노력하면 글쓰기가 무섭게 발전한다. 다른 사람보다 질 좋은 재료를 많이 확보하고 있기 때문이다.

우리가 흔히 말하는 좋은 글은 무엇일까. 좋은 글을 자세히 들여다보면 한 가지 공통점이 있다. 불필요한 단어와 문장이 보이지 않는다는 것이다. 이를 바꿔 말하면 한 편의 글에서 단어와 문장이 단 하나도 허투루 사용되지 않았다는 사실을 의미한다.

반면 나쁜 글은 누가 읽어도 금방 표가 난다. 한 단락 안에 단어가 중복되고 문장의 의미를 잘 파악할 수 없기 때문이다. 이는 단어와 문장이 적재적소에 효율적으로 사용되지 못했다는 것을 의미한다. 그래서 읽기가 불편해진다.

짧은 글이든 긴 글이든 모든 글의 시작은 단어다. 단어와 단어가 만나 문장을 이루고 문장과 문장이 쌓여 이야기가 완성된다. 단어가 새로운 단어를 끌어오지 못하고 문장과 문장이 유기적으로 결합하지 못하면 좋은 글은 절대 만들어지지 않는다. 따라서 단어와 문장이 불협화음을 일으키는 글은 그저 무의미한 활자의 나열에 불과할 뿐이다.

한 가지 주제를 놓고 자기 생각을 쓰다 보면 관점이 조금씩 변한다. 글이 점차 논리적으로 바뀌는 것이다. 어떤 글이든 가장 중요한 것은 논리다. 개연성과 핍진성을 갖추지 못한 글은 읽는 사람을 좋은 글은 무엇일까.
좋은 글을 자세히 들여다보면
한 가지 공통점이 있다.
불필요한 단어와 문장이 보이지 않는다는 것이다.

단어가 새로운 단어를 끌어오지 못하고
문장과 문장이 유기적으로 결합하지 못하면
좋은 글은 절대 만들어지지 않는다.
단어와 문장이 불협화음을 일으키는 글은
그저 무의미한 활자의 나열에 불과할 뿐이다.

불편하게 만든다. 따라서 좋은 글은 확고한 논리를 바탕으로 써진다. 영화나 드라마에서 충분한 개연성과 핍진성이 주어지면 관객은 아무리 황당한 판타지라도 받아들인다. 그러나 비논리적인 이야기는 관객이 절대 받아들이지 않는다.

'만약 당신이 까치라면 어떻게 할 것인가'라는 질문에 정답은 없다. 그러나 좋은 답과 나쁜 답은 있다. 좋은 답은 논리적이고 나쁜 답은 비논리적이다. 핵심은 바로 논리적인 대답이다. 누군가에게 전해 듣거나 시중에 떠도는 것들은 정답이 될 수 없다. 즉 누구나 알고 있는 지식과 정보로는 면접을 통과할 수 없다는 뜻이다. 따라서 단 몇 줄의 글이라도 논리적이어야 한다. 자기 논리가 빠진 자기소개서와 논술은 읽는 사람을 피곤하게 만든다. 이런 몇 가지 생각을 머릿속에 담아두고 꾸준하게 글을 써서 노트가 한 10권 정도에 이른 사람은 적어도 원하는 글을 쓸 수 있는 단계에 이르렀다고 할 수 있다.

사회를 이끌어가는 사람들의 공통점은

읽기와 쓰기와 토론에 능하다는 것이다.

지식과 정보가 평준화되었지만,

여전히 문자 콘텐츠를 생산하는 지식인들은

보통 사람들보다 우위에 있다.

그들이 지식과 정보를 다루는 주체이기 때문이다.

따라서 읽고 쓰며 토론하는 것은 우리 사회를 이끌어가는

오피니언 리더의 기본 덕목이다.

읽고 쓰고 토론하라

● 1980년대 초반의 대학 진학률은 19.5%였다. 그 뒤로 급격하게 늘어난 대학 진학률은 2008년에 83.8%로 최고를 기록한 후 학령 인구가 감소하면서 조금씩 낮아져 최근 평균 68.9%를 나타내고 있다. 이에 매년 졸업 시즌이 되면 60만 명의 졸업생들이 사회로 쏟아져 나온다.

그들은 한 사람도 예외 없이 좋은 직장을 원한다. 첫 직장은 굉장히 중요한 의미를 갖는다. 어떤 직장에 들어가느냐에 따라서 인생 전체의 성패가 갈릴 수 있기 때문이다.

모든 졸업생이 원하는 직장을 얻으면 좋겠지만 현실적으론 불가능하다. 자타가 공인하는 직장이 그리 많지 않기 때문이다. 그러자 바늘구멍 같은 취업문을 뚫지 못한 졸업생들이 심지어 졸업을 유예하는 일이 벌어지고 있다.

선배들의 이런 극심한 취업난을 지켜본 신입생들은 입학과 동시에 일찌감치 스펙 쌓기에 몰두한다. 치열한 경쟁에서 조금이라도 우위를 점하기 위해서다. 그러자 얼마 전까지 학벌, 학점, 토익이던 스펙은 점차 늘어나서 어학연수, 공모전, 인턴, 사회봉사로 계속 확장되고 있다. 남들보다 뭔가 하나라도 더 해야 좋은 직장에 들어갈 수 있다는 강박증이 만들어 낸 결과다.

최근 들어 스펙 대신 블라인드 채용으로 신입사원을 선발하는 기업이 늘어나고 있다. 그런데도 여전히 스펙을 요구하는 기업이 많기에 학생들은 한시라도 마음을 놓을 수 없는 형편이다.

그렇다면 기업은 입사지원자에게 왜 이렇게 많은 스펙을 요구하는 걸까. 어느 분야든 실력이 월등하게 뛰어난 사람들이 있다. 대학 졸업생들의 세계도 마찬가지다. 상위 그룹에 속하는 그들은 남들보다 쉽게 모두가 선망하는 직장에 들어간다. 즉 그들이 좋은 자리를 선점한 후에 얼마 남지 않는 자리를 놓고 나머지 평범한 졸업생들이 치열한 경쟁을 벌이는 것이다.

이때 가장 난감한 측은 각축전을 벌이는 졸업생들이 아니라 기업이다. 남은 졸업생 중 기업에서 원하는 인재를 쉽게 찾을 수 없기 때문이다. 한마디로 변별력이 없다는 얘기다. 졸업생들에게 더 많은 스펙을 요구하는 것은 바로 이런 이유 때문이다. 그렇다면 성적이 뛰어난 상위 그룹을 제외한 졸업생들이 우열을 가릴 수 없을 정도로 수준이 비슷한 이유는 무엇일까. 지식과 정보가 평준화되었기 때문이다.

인터넷의 출현은 세상에 엄청난 변화를 불러왔다. 시간과 공간의 물리적 한계를 극복한 인터넷은 우리 일상을 송두리째 바꾸어 놓았다. 그중에서도 가장 혁신적인 변화는 지식과 정보의 평준화를 만든 것이다. 국가와 인종에 상관없이 시간과 장소에 구애받지 않고 원하는 지식과 정보를 평평하게 공유할 수 있다는 것은 인류가 문명을 이룩한 이후 한 번도 경험하지 못한 놀라운 혁명이다.

이는 지금까지 지식과 정보를 움켜쥐고 세상을 쥐락펴락했던 지식인들의 권력이 수평적으로 이동했다는 사실을 의미한다.

그러나 지식과 정보의 평준화는 과잉 생산이란 예상치 못한 문제를 만들었다. 범람하는 지식과 정보로 인해 옥석을 구분하기가 힘들어진 것이다.

이런 심각한 문제에도 불구하고 세상은 문자가 아닌 영상으로 지식과 정보를 습득하는 상황으로 빠르게 전환하고 있다. 그러나 문자와 달리 영상을 통해 지식과 정보를 습득하는 방식은 많은 문제가 있다.

우선 영상정보는 생각할 기회를 원천적으로 차단한다. 화려하고 감각적인 이미지에 무방비 상태로 빨려 들어가기 때문이다. 옳고 그름을 구분할 여지를 주지 않고 영상 이미지 자체가 그대로 사실이 되어버리는 것이다. 이는 누군가 어떤 목적을 갖고 만든 영상이 그 어떤 여과 장치 없이 수용될 수 있음을 알려준다.

최근에 유튜브를 통해 가짜 뉴스가 범람하는 것도 이런 이유 때문이다. 영상 이미지의 무비판적인 수용은 심각한 폐해로 이어진다. 현란한 비디오 게임에 빠진 것처럼 사고와 감정을 획일화하기 때문이다.

무엇보다 치명적인 것은 영상 이미지는 순간적으로 즐길 뿐 자신의 것이 되지 못한다는 사실이다. 아무리 많은 영상을 봐도 내 무의식의 창고에 남을 지식과 정보가 쌓이지 않는다.

오늘 우리가 살아가는 세상은 분명 20년 전과 확연하게 다르다. 단순한 시대의 흐름이 아니라 종래의 모든 시스템을 전복하는 변화의 중심에 있다. 지금 우린 인류가 경험하지 못한 지식정보혁명의 중심에 서 있는 것이다. 이런 변화는 당대를 살아가는 사람들에게 많은 영향을 줄 수밖에 없다. 지금까지 절대적이라고 생각한 가치관이 무너지고 새로운 가치관이 나타나기 때문이다.

사회적 시스템이 느슨할 땐 몇 번 실패해도 재기할 기회가 주어진다. 그러나 모든 시스템이 완벽하게 구축된 사회에서는 실패를 만회하기가 쉽지 않다. 이는 단 한 번의 선택이 인생 전체를 좌우할 수도 있다는 뜻이다. 어쩌다 운이 좋아 성공할 수도 있지만 두 번의 성공은 보장하기 힘들다. 특별한 재능이 없는 한 성공을 지속하기가 힘들다는 것이다.

시대의 변화는 언제나 새로운 욕망을 만들어 낸다. 그리고 우리는 늘 시대가 만들어 낸 욕망을 좇아갈 수밖에 없다. 시대적 변화의 흐름에 동조하지 못하면 도태되기 때문이다. 더 복잡하고 정교해진 사회적 시스템 안에서 성공하기 위해선 예전보다 더 많은 시간과 열정을 쏟아부어야 한다. 그렇게 하지 않으면 빠르게 변하는 세상에서 성공을 확신할 수 없다.

그러나 역설적으로 인터넷이 만들어 낸 시대의 흐름은 문자를 멀

변화는 언제나 새로운 욕망을 만들어 내고
우리는 그런 욕망을 좇아갈 수밖에 없다.

인터넷이 만들어 낸 시대의 흐름은

문자를 멀리하는 방향으로 흘러가고 있다.

지식과 정보를 쉽게 습득할 수 있게 되자

책을 읽지 않는 사람들이 빠르게 증가하기 시작했다.

리하는 방향으로 흘러가고 있다. 지식과 정보를 쉽게 습득할 수 있게 되자 책을 읽지 않는 사람들이 빠르게 증가하기 시작한 것이다.

특히 태어나면서부터 인터넷을 공기처럼 사용한 세대들에게서 이런 현상이 두드러지게 나타난다. 회사가 미래를 맡길 중요한 인재를 찾는 데 어려움을 겪는 이유다. 비슷한 성장 환경을 거쳐 대학에 입학했기에 아무리 꼼꼼하게 들여다보아도 변별할 수 없다. 이에 누굴 선택해도 별반 다르지 않기에 수많은 스펙을 요구하는 것이다. 이 현상은 책을 읽지 않는 세상이 만들어 낸 진풍경인 셈이다.

모든 사람이 승자가 되는 세상은 없다. 인류는 지금까지 이런 구조적 모순에서 단 한 번도 벗어난 적이 없다. 언제나 1%의 승자와 99%의 패자로 기록되는 것이 우리가 살아가는 세상의 법칙이다. 따라서 상위 1%의 사람들만이 세상 모두가 원하는 부와 권력을 독차지해왔다. 그들이 모든 걸 가져가고 남은 1%를 놓고 99%의 사람들이 치열하게 싸워온 것이 인류의 역사다.

지식과 정보의 평준화가 되었지만, 빈부격차와 불평등은 해소되지 않았다. 오히려 시간이 갈수록 더 심화되고 있다. 인터넷이 만든 시대의 변화가 오히려 양극화를 부추긴 것이다. 문제는 이런 현상이 갈수록 더 심각해진다는 것이다.

지금은 4차 산업혁명의 시대다. 1차 산업혁명은 증기기관의 발명으로 철도나 방적기 등이 저변 확대되면서 일어났고 2차 산업혁명은 전기와 컨베이어벨트에 의한 대량 생산의 길을 열었다. 3차 산업혁명은 컴퓨터와 인터넷을 기반으로 한 자동생산 및 지식정보 혁명을 말한다. 4차 산업혁명은 인공지능기술 및 사물인터넷, 빅데이터 등 정보통신기술ICT과의 융합을 통해 생산성이 급격히 향상되고 제품과 서비스가 지능화되는 것을 의미한다. 이는 앞으로 경제 사회 전반에 걸쳐 혁신적인 변화를 가져올 것을 예고하고 있다.

세계경제포럼은 2020년까지 인공지능으로 인해 716만 개의 일자리가 사라지고 201만 개가 새로 생긴다고 예측했다. 그리고 2021년에는 로봇 서비스가 일반화되고 2023년이면 빅데이터에 의한 의사 결정이 일반화되며 2025년에는 인공지능이 화이트칼라 노동을 대체하고 2026년이면 인공지능이 스스로 의사를 결정하는 시대가 올 것을 예고한다.

로봇 약사가 약을 조제 판매하고 3D 프린터가 자동차를 생산하며 인공지능이 회계감사를 수행하고 블록체인으로 세금을 징수하는, 더 적은 인력으로 더 많은 제품을 더 빨리 생산하는 시대가 눈앞으로 다가오고 있다는 것이다.

앞으로 20년 내 직업의 47%가 컴퓨터와 로봇에게 자리를 내주고 전 세계적으로 20억 개의 일자리가 사라진다는 최악의 전망도 있다. 이 모든 것은 남의 얘기가 아니다. 우리에게도 발등에 떨어진

불이다.

한전에서 원격검침을 도입하면 현재 전기검침원들의 절반이 일자리를 잃고 자율자동차가 활성화되면 택시를 비롯한 운수업의 일자리가 기하급수적으로 줄어들 것이다. 화이트칼라도 마찬가지다. 의료, 펀드매니저, 법률 서비스, 금융 예측 등 지금까지 전문가들만 할 수 있던 일을 인공지능이 대체한다는 것이다.

이는 인터넷이 처음 세상에 등장했을 때보다 더 큰 변화가 닥쳐온다는 사실을 의미한다. 그리고 기존의 산업과 기업경영 및 구조를 근본적으로 바꾸어 놓고 지금까지 우리가 유지해온 일상을 흔들어 놓을 것이 분명하다.

그러나 우린 수많은 예측과 신호를 외면하고 있다. 이세돌이 알파고와 대결하여 4대 1로 패했을 때 잠시 우려를 드러낸 것이 전부였다. 당장 피부에 와닿지 않기에 나하고 아무 상관이 없다고 생각한 것이다. 과연 그럴까. 우리 자녀들이 살아가게 될 불과 10년 뒤의 세상이다.

어쨌든 4차 산업혁명은 우리 사회를 변화시킬 것은 명약관화하다. 그리고 그 변화로 인해 1% 세계가 아닌 99% 세계에 사는 사람들이 막대한 피해를 볼 것이다. 상위 1%의 독식 현상은 심화되고 하위 99%의 경쟁은 더 치열해지는 것이다. 그런 세상이 코앞으로 다가오는데 우린 그저 인터넷이 만든 편리함에 취해 있을 뿐이다.

1%의 세계에서 사는 사람들과

우리는 무엇이 다른 걸까?

우리가 알지 못하는 특별한 무엇이라도 있는 걸까?

그것은 변화를 읽어내는 안목이다.
경쟁에서 승자가 되기 위해서는
자신만의 안목과 통찰을 갖추어야 한다.

이를 위해서는 역발상이 필요하다.

세상 모든 사람이 책을 읽지 않고 글을 쓰지 않을 때

그 반대로 행동하는 것이다.

그들이 온종일 스마트폰을 들여다보고 있을 때

책을 읽고 글을 쓰는 것이다.

온종일 스마트폰의 화려하고 감각적인 영상을 즐기면서 건물주가 되는 꿈을 꾸는 것이다.

앞서 말했듯 우리가 세상의 변화를 피부로 실감할 땐 이미 모든 것이 끝난 뒤다. 새로운 변화에 맞춰 살아갈 것인지 아니면 우리에 갇힌 채 주는 먹이를 먹고 살 것인지를 생각해야 한다. 즉 1%의 세계에서 살 것인지 아니면 99%의 세계에서 치열하게 경쟁하며 살아갈 것인지 선택해야 한다.

우린 열다섯 살짜리 아이들의 꿈이 건물주인 세상에 살고 있다. 냉철하게 말하면 모든 사람이 피땀 어린 노력을 한다고 성공하는 것이 아닌 것처럼 아무나 건물주가 될 수 없다.

그렇다면 그들과 우린 무엇이 다른 걸까. 우리가 알지 못하는 저들만의 특별한 무엇이라도 있는 걸까. 당연하다. 수많은 경쟁자를 물리치고 자본주의의 정점에 올라선 그들에게는 특별한 것이 있다. 단지 운만으로 그 세계에 절대 들어갈 수 없다.

그것은 시대의 변화를 읽어내는 안목이다. 다른 사람보다 한발 앞서 흐름의 방향을 예측하는 통찰이다. 그들은 이것을 유지하기 위해 최선을 다한다. 이를 알지 못하는 사람들은 그들이 누리는 달콤한 열매만을 말할 뿐 한여름의 뜨거운 햇살을 생각하지 않는다. 시간이 갈수록 심화되는 경쟁에서 승자가 되기 위해선 자신만의 안목과 통찰을 갖추어야 한다.

이를 위해선 역발상이 필요하다. 다른 사람들과 똑같은 사고와 행동으론 원하는 세계로 진입할 수 없다. 따라서 승자의 사고와 행동을 좇아가야 한다. 세상 모든 사람이 책을 읽지 않고 글을 쓰지 않을 때 그 반대로 행동하는 것이다. 그들이 온종일 스마트폰을 들여다보고 있을 때 책을 읽고 글을 쓰는 것이다. 빠르게 발전하는 기술을 막을 방법은 없다. 지금도 세상 어딘가에서 누군가는 자신의 이익을 위해 기술을 발전시키고 있을 것이기 때문이다.

그렇다면 우리가 할 수 있는 것은 무엇일까. 그것은 당면한 현상을 꿰뚫어 보고 미래를 예측하는 힘을 기르는 것이다. 그것만이 급변하는 세상에서 낙오되지 않는 방법이다. 세상을 직시하는 통찰이 필요하다. 즉 급변하는 현실에 대처하기 위해 할 수 있는 것은 읽고 쓰는 것이 유일한 방법이다.

생각을 멈추면 세상은 단순하게 보인다. 사물의 표면밖에 볼 수 없다. 그러나 실제 세상을 움직이는 힘은 보이지 않는 곳에 숨겨져 있다. 누구나 볼 수 있다면 그것은 세상을 움직이는 힘이 아니다.

읽고 쓰는 것은 단순한 도락이 아니라 고도로 복잡해지는 세상에서 단 하나밖에 없는 활로活路를 찾아내기 위한 필사적인 노력인 셈이다.

건물주가 아니라도 좋다. 1%의 세계에 들어가지 않아도 상관없다. 세상을 살아가면서 언제나 올바른 판단을 내릴 수만 있다면 그

현상을 꿰뚫어 보고 미래를 예측하는 힘,

그것만이 급변하는 세상에서 낙오되지 않는 방법이다.

급변하는 현실에 대처하기 위해 할 수 있는 것은

읽고 쓰고 토론하는 것이 유일한 방법이다.

보다 중요한 것이 있을까. 어떤 학교를 선택하고, 어떤 사업을 할 것인지를 결정하고, 결혼을 결심할 때 후회하지 않을 판단과 결정을 내릴 수 있다면 그것만으로도 읽고 쓰는 가치는 충분하다.

책을 읽고 글을 쓰는 이유는 앞에서 충분히 설명했다.

그렇다면 읽고 쓰기의 효율성을 좀 더 높이는 방법은 없을까. 그래서 내가 학부모 강연에서 제시한 것이 가족 독서 토론회다.

책을 한 권 선정한 다음 가족들이 읽고 토론을 하는 것이다. 부모들은 직장 때문에 자녀들은 학교 공부에 정신이 없지만 한 달에 한 번이라면 큰 부담이 되지 않는다. 거기다 값비싼 논술 과외보다 저렴하고 효과는 훨씬 뛰어나다. 처음에는 어색하고 불편하다. 그러나 맛있는 저녁을 먹으면서 읽은 책에 관한 이야기와 서로의 생각을 듣는 것은 금방 익숙해진다.

앞서 말했듯 우리는 토론 문화에 익숙하지 않다. 그래서 사람들과의 관계에서 자기 생각을 드러내는 데 상당히 서투르다. 따라서 이런 자리를 통해 자녀들의 생각을 들어보는 토론의 장으로도 활용할 수 있다.

책은 읽는 사람마다 받아들이는 감정이 다르다. 가치관과 세계관이 다르기 때문이다. 따라서 토론은 나와 타자의 생각이 어떻게 다른지 비교하면서 자신의 생각을 정리하는 자리다. 또 책을 읽으면서 모호하던 개념을 온전히 자신의 것으로 만드는 기회이기도

하다. 이를 잘 갈무리하면 나중에 글을 쓸 때 상당한 도움이 된다. 자녀와 부모가 같은 책을 읽고 토론한다는 사실은 자녀들에게 재미와 흥미를 유발한다. 책을 읽는 동안 떠오른 생각을 부모의 생각과 비교해볼 수 있기 때문이다.

책은 인문학부터 문학까지 장르를 구분하지 말고 다양하게 선정하는 것이 좋다. 한 달에 한 번씩 하는 독서 토론회가 별것 아닌 것처럼 여겨질 수 있다. 그러나 최소 1년만 지나도 자녀들이 성장했다는 사실을 확인할 수 있다. 인터넷에서 본 지식과 정보를 앵무새처럼 되뇌는 것이 아니라 자기 생각을 논리정연하게 말하는 아이들을 보게 된다. 또한 비슷한 또래 아이들과 정신적으로 확연한 차이를 느낄 수 있다. 이것이 가능한 이유는 꾸준하게 읽고 쓰고 토론하는 과정을 통해 자신도 모르게 사물의 현상을 파악하는 통찰의 힘이 길러졌기 때문이다.

이런 과정을 통해 성장한 자녀들은 부모들이 굳이 나서서 진로를 도와줄 필요가 없다. 스스로 무엇을 해야 할 것인지 선택하고 결정할 수 있기 때문이다. 즉 자녀들은 물론이고 부모들도 한 가지 현상에 대해서 내 생각은 무엇인지, 왜 그렇게 생각하는지를 논리적으로 설명할 수 있게 된다.

올해부터 많은 대학에서 학생들을 평가하는 방식이 상대 평가에서 절대 평가로 바뀌고 있다. 같은 조원을 경쟁자로 여기는 상대 평가 체제에서는 4차 산업혁명 시대에서 필수적인 공감과 배려와 협업이 제대로 이루어질 수 없기 때문이다. 따라서 교육학 전공 교수들은 상대 평가는 대입처럼 정해진 자리를 놓고 합격 · 불합격을 선택해야 할 때 제한적으로 쓰여야 한다고 주장한다.

이렇게 미래 지향적으로 바뀌는 대학 평가방식에 부합하는 학생들은 누구일까. 당연히 읽기와 쓰기와 토론에 익숙한 학생들이다. 어떻게 사고하고 행동해야 할지 스스로 알고 있기 때문이다. 따라서 토론은 별개가 아니라 독서의 완결이다. 책을 읽고 글을 쓰고 토론하는 과정을 통해 누구보다 높은 통찰을 가질 수 있다.

지난 2017년 소설을 출간하기 전 합정동에서 '독소 모임'을 가졌다. 독소 모임이란 독하게 읽고 소소하게 나누는 독서 토론 모임을 말한다. 책이 출간되기 전 미리 독자들의 반응을 살펴보는 자리였는데, 독소 모임에서도 출간되지 않은 책을 먼저 읽는 특별한 기회가 주어졌다. 그날 아무런 준비 없이 약속장소에 간 나는 깜짝 놀랐다. 서른 명이 넘는 20~30대의 젊은 남녀들이 소설을 완벽하게 읽고 질문을 준비해왔기 때문이었다. 그들의 질문은 깊고 날카로웠다. 젊은이들이 생각하는 당대의 현실이 소설이란 프리즘을 통해 쏟아져 나온 것이다. 3년이란 긴 시간을 들여 소설을 쓴 작가로서 그들의 질문이 그간의 노고를 어루만져주었다. 그래서인지 그날 독소 모임의 인상은 굉장히 신선하고 감명을 받았다.

최근 들어 책을 읽지 않는 사람들이 늘어나는 반면 독서 모임은 이렇게 다양한 형태로 변화하고 있다. '트레바리'라는 독서 커뮤니티가 소프트뱅크벤처스로부터 45억 원을 투자받았다는 뉴스도 그런 변화의 하나라고 할 수 있다. 트레바리는 4개월에 19~29만 원을 낸 회원들이 한 달에 한 번 책을 정해 함께 읽고 만나서 토론하는 국내 최초로 독서 모임을 사업화한 스타트업 기업이다. 얼핏 보면 회비를 내고 독서 토론 모임을 한다는 사실을 이해할 수 없지만 트레바리는 현재 4,600명의 회원이 압구정, 안국, 성수 아지트에서 열리는 약 300개의 독서 모임에 속해 활동하고 있다. 트레바리는 사전에 400자 이상의 독후감을 제출해야 정기 모임에 참석할 수 있는 규칙을 두고 있어 토론의 질을 높이고 강한 동기를 부여하고 있다.

그렇다면 이들은 왜 비싼 돈을 들여 독서 모임에 참여하는 걸까. 우리 사회의 다양한 구성원들과 대화를 나눌 수 있기 때문이 아닐까. 금융회사, 부동산, 은행, 건축, 여행사, 홈쇼핑 등 자신과 다른 업종에서 일하는 사람들과의 토론을 통해 세상을 좀 더 명확하게 통찰할 수 있기 때문일 것이다. 지금까지 우리나라에서 볼 수 없는 새로운 형태의 독서 토론 모임을 이끌어가는 것이 트레바리의 성공 요인이라고 할 수 있다.

우리 사회를 이끌어가는 사람들의 공통점은 읽기와 쓰기와 토론에 능하다는 것이다. 바꿔 말하면 자기 생각을 글로 쓰지 못하는 사람은 사회를 이끌고 나갈 수 없다. 지식과 정보가 평준화됐지만, 여전히 문자 콘텐츠를 생산하는 지식인들은 보통 사람들보다 우위에 있다. 그들이 지식과 정보를 다루는 주체이기 때문이다. 따라서 읽고 쓰며 토론하는 것은 우리 사회를 이끌어가는 오피니언 리더의 기본 덕목이다.

판사들은 판결문을 쓰고 검사는 공소장을 작성한다. 의사는 자기의 논리로 논문을 쓰고 신문기자는 기사를 작성한다. 건축가는 자기만의 시점으로 세상에 존재하지 않는 새로운 건축물을 만든다. 음악가는 노래를 만들고 만화가는 만화를 그린다. 방송작가는 드라마를 쓰고 소설가는 자신이 바라보는 세상을 소설로 말한다. 사업가에게 가장 중요한 것은 사업계획서다. 따라서 사업계획서를 작성할 수 없는 사업가는 성공률이 낮다.

이밖에도 일일이 열거할 수 없는 오피니언 리더들은 한 사람도 빠짐없이 읽고 쓰는 것이 일상화된 사람들이다. 그들은 자신의 선택이 많은 사람의 삶에 막대한 영향을 미친다는 사실을 알고 있다. 그래서 그들은 언제나 올바른 판단을 내리기 위해 읽고 쓰는 것을 게을리하지 않는다. 자신들이 내린 판단에 한 국가의 운명과 미래가 바뀔 수 있기 때문이다. 세상을 직시하는 그들의 힘은 통찰에서 나온다. 통찰은 급변하는 세상에서 흔들리지 않고 굳건하게 버틸 수 있는 버팀목이다.

여기까지 글을 읽어온 당신이 대기업 면접관이라고 상상하자. 지금 당신 앞에 회사에 입사를 지원한 청년들이 줄지어 앉아 있고 그중 한 명을 선택해야 한다. 오늘 선발하는 신입사원은 단순한 사원이 아니다. 10년 뒤 절체절명의 위기에 빠진 회사를 살려내는 인재를 선발하는 아주 중요한 자리다. 따라서 당신은 지금 자신 앞에 줄지어 앉은 입사지원자 중 후지필름을 기사회생시킨 고모리 시게타카 회장 같은 사람을 찾아내야 한다. 그런데 앞에 놓인 지원서를 아무리 들여다봐도 적합한 청년을 찾을 수 없다. 지원서에 적힌 학벌과 학점을 비롯한 모든 스펙이 비슷하기 때문이다.

그렇다면 당신은 어떤 변별력으로 인재를 찾아낼 것인가. 물론 당신은 매뉴얼에 따른 질문을 던지고 청년들은 사지선다형의 정답을 맞히듯 성실하게 대답할 것이다. 그러나 그 질문과 대답만으로 회사에 필요한 인재를 고를 수 있을까. 당신은 결국 이런 질문을 던질 수밖에 없다. 하나의 현상에 관한 "당신의 생각은 무엇입니까? 그렇게 생각하는 이유는 무엇입니까?" 그리고 이 질문에 자기 논리로 명쾌하게 대답할 수 있는 입사지원자를 신입사원으로 선택할 것이다.

당신의 질문에 대답하기 위해선 토익점수와 어학연수가 필요 없다. 인턴과 모범답안 같은 자기소개서도 필요 없다. 세상을 냉철하게 직시하는 통찰만이 필요하다. 인터넷에서 습득한 지식과 정보를 앵무새처럼 되뇌지 않고 읽기와 쓰기와 토론을 통해 자기 논리를 탄탄하게 갖춘 청년을 선택할 수밖에 없는 것이다. 그 청년이 바로 기업의 미래를 책임질 인재이기 때문이다.

1963년 후지필름에 입사해 2003년 최고경영자CEO에 오른 고모리 시게타카는 회사의 방향을 '탈脫필름 구조조정'으로 잡았다. 그러고는 수십 년 동안 연구개발R&D을 통해 축적한 필름 원천기술을 바탕으로 LCD TV 소재 개발에 뛰어들었고 필름 원재료인 콜라겐을 활용해 화장품 시장에도 진출했으며 필름 개발 과정에서 20만 개 이상 화학 성분을 합성해 본 경험을 바탕으로 의약품 개발에 나섰다. 이렇게 개혁을 거세게 밀어붙인 결과는 놀라웠다. 필름 회사였던 후지필름은 2000년 16조 원 규모였던 매출이 2015년에는 28조 6,000억 원에 영업이익 약 2조 2,000억 원을 달성한 회사로 변신한 것이다.

만약 1963년에 고모리 시게타카를 신입사원으로 선발하지 않았다면 후지필름은 어떻게 되었을까. 평사원으로 입사해서 회장에 오른 고모리 시게타카가 없었다면 한때 세계 컬러 필름 시장 2위였고 일본 점유율 70%에 육박하던 후지필름은 세계 최초로 디지털카메라를 개발하고도 문을 닫은 코닥의 전철을 밟았을 것이다.

시대의 흐름을 예측하지 못하면 살아남을 수 없는 것은 개인도 마찬가지다. 그래서 우린 늘 올바른 선택하기 위해서 최선을 다한다. 그런데도 성공보다 실패할 확률이 더 높은 것이 우리의 현실이다. 따라서 이 시대의 진정한 승자는 정확한 판단을 내리는 사람이다. 고모리 시게타카는 자신의 리더십은 세계에서 일어나는 정보를 빨리 파악해 정확하게 읽어내고 이것을 바탕으로 미래를 예측하는 능력이라고 했다. 이런 능력이 전제되지 않으면 아무리 카리스마가 있어도 조직원들을 따라오게 할 수 없다고 그는 말한다.

70억의 인구가 바글거리는 세상에서 자신의 꿈을 이루고 싶은 사람, 세상을 움직이고 싶은 오피니언 리더가 되고 싶은 사람, 사업을 성공시키고 싶은 사람, 건물주가 되고 싶은 사람, 남들보다 앞서고 싶은 사람, 지금의 환경에서 벗어나고 싶은 사람, 남들이 나아가지 않는 길을 개척하려는 사람, 세상에 무언가 자신의 흔적을 남기고 싶은 사람은 책을 읽고 글을 쓰고 많은 사람과 토론해야 한다.

우리가 책을 읽고 글을 쓰고 토론하는 것은 위에 나열한 목표를 달성하기 위해서다. 이제 세상은 우리가 생각한 것보다 더 빨리 더 많은 것들이 변하게 될 것이다. 그런 세상에서 자신이 원하는 삶을 살아가는 방법은 하나밖에 없다.

노도처럼 밀려오는 시대의 물결에 맞설 수 있는 것은 세상을 정확하게 직시하는 통찰밖에 없다. 통찰만 있다면 우린 세상이 아무리 변해도 얼마든지 자신의 삶을 영위할 수 있다. 따라서 학부모들이 자녀들과 함께 책을 읽고 토론하는 것은 물고기를 잡아주는 것이 아니라 물고기를 잡는 방법을 알려주는 것이다. 학부모뿐만 아니라, 학생이나 성인들도 마찬가지다. 세상은 끝없이 변화한다. 그래서 오늘의 판단이 내일 어리석은 실수로 돌아올 수 있다. 우린 이런 변화의 흐름을 놓치지 않고, 세상에서 도태되지 않기 위해 끊임없이 책을 읽고 글을 쓰며 토론해야만 한다. 그것만이 급변하는 세상에 대처하는 유일한 방법이기 때문이다.

우리는 왜 책을 읽고 글을 쓰는가?
-새로운 방식의 책 읽기와 글쓰기

초판 1쇄 인쇄일 | 2019년 2월 20일
초판 1쇄 발행일 | 2019년 3월 5일

지은이 | 마윤제
펴낸이 | 사태희
편집인 | 배우리
디자인 | 박소희
마케팅 | 최금순
제작인 | 이승욱, 이대성
펴낸곳 | (주)특별한서재
출판등록 | 제2018-000085호
주 소 | 04037 서울시 마포구 양화로 59, 화승리버스텔 703호
전 화 | 02-3273-7878
팩 스 | 0505-832-0042
e-mail | specialbooks@naver.com
ISBN | 979-11-88912-40-7 (03800)

이 도서의 국립중앙도서관 출판예정도서목록(CIP)은 서지정보유통지원시스템 홈페이지(http://seoji.nl.go.kr)와 국가자료종합목록시스템(http://www.nl.go.kr/kolisnet)에서 이용하실 수 있습니다. (CIP제어번호: CIP2019004736)